세상이 나를 몰아세울 때?
가드를 올리고
도망치지 말 것!

세상이 나를 몰아세울 때?
가드를 올리고 도망치지 말 것!

초판 1쇄 발행 2019년 10월 5일

지은이 황진규
펴낸이 이지은   **펴낸곳** 팜파스   **책임편집** 이은규
디자인 박진희   **마케팅** 김서희   **인쇄** 범선문화인쇄

출판등록 2002년 12월 30일 제10-2536호
주소 서울시 마포구 어울마당로5길 18 팜파스빌딩 2층
대표전화 02-335-3681   **팩스** 02-335-3743
홈페이지 www.pampasbook.com | blog.naver.com/pampasbook
페이스북 www.facebook.com/pampasbook2018
인스타그램 www.instagram.com/pampasbook
이메일 pampas@pampasbook.com

값 13,000원
ISBN 979-11-7026-269-5 (03810)

이 도서의 국립중앙도서관 출판예정도서목록(CIP)은 서지정보유통지원시스템 홈페이지
(http://seoji.nl.go.kr)와 국가자료공동목록시스템(http://www.nl.go.kr/kolisnet)에서
이용하실 수 있습니다.(CIP제어번호: CIP2019035708)

세상이 나를 몰아세울 때?
가드를 올리고
도망치지 말 것!

황진규 지음

마흔을 앞두고
복싱하며 배운 삶의 안목들

팜파스

"이 이야기는 1년 4개월간 서른일곱 살의 반백수 글쟁이가 프로 복서가 되기 위해 발버둥 쳤던 이야기입니다."

1

합리적인 선택을 하고 살아왔습니다. '딴 생각 말고 공부나 해'라는 말을 믿고 합리적으로 착실히 공부했습니다. '공대 가면 밥벌이는 한다.'는 말을 믿고 합리적으로 공대에 입학했습니다. '대기업이 최고야!'라는 말을 믿고 합리적으로 취업을 했습니다. 서른 너머까지 세상 사람들의 이야기를 믿고 합리적인 선택을 하며 살았습니다. 삶을 잘 살고 있다고 믿었습니다. 그런데 직장 생활 7년차, 우울증이 찾아왔습니다. 그 흔한 사춘기 한번 겪지 않았는데, 우울증이라니. 생전 처음 겪어 보는 나 자신의 상태에 혼란스러웠습니다.

그보다 더 혼란스러웠던 건, '나처럼 삶을 잘 살고 있는 사람에게 왜 우울증이 찾아왔을까?'라는 질문이었습니다. 밤 10시, 붐비는 지하철 2호선, 여느 날과 다름없는 퇴근길이었습니다. 이유를 알 수 없는 눈물이 왈칵 쏟아졌습니다. 의미 없는 업무, 함께 있지만 더 외롭게 하는 인간관계. 그 속에서 삶이 질식해 가고 있었습니다. 깜깜한 원룸 문을 열고 불도 켜지 않은 채 침대에 누웠습니다. 그런 생각이 들었습니다. '이대로 눈 뜨지 않으면 내일 회사에 가지 않아도 되겠지.' 더 끔찍한 생각이 들기 전에 선택해야 한단 걸 직감했습니다.

회사를 그만뒀습니다. 태어나서 처음으로 비합리적인 선택을 했습니다. 세상 사람들은 다들 '그 좋은 직장을 왜 그만두냐?'며 제 선택을 뜯어 말렸습니다. 당연했습니다. 그건 비합리적인 선택이었으니까요. 좋아하는 철학자의 책 제목처럼 인생은 '일방통행로'입니다. 한 번 길에 들어서면 되돌아갈 수 없지요. 그래서였는지, 세상 사람들은 애가 둘인 가장이 이제 무엇을 하며 먹고 살건지 물었습니다. 다시 세상 사람들은 나름, 합리적인 선택을 요구했습니다. 이직, 창업, MBA 같은 퇴사 후 합리적인 너무나 합리적인 선택들 말입니다.

작가가 되기로 했습니다. 늦게 배운 도둑질에 밤새는 줄 모르는 것일까요. 더욱 비합리적인 선택을 했지요. 어린 시절 글짓기로 상 한 번 받아 본 적 없고, 글쓰기는커녕 글 읽기도 제대로 해 본 적이 없던 사람이 글쟁이가 되는 비합리적인 선택을 한 셈이었습니다. 친구, 선배, 동료, 부모 등 세상 사람들은 제 선택에 대해 하나 같이 말했습니다. "미쳤냐?" 이해도 됩니다. 작가로 산다는 건 최소한의 밥벌이도 못할 수 있는 너무나 비합리적인 선택이었으니까요. 몇 권의 책을 냈습니다. 그 책 때문에 TV에도 몇 번 얼굴을 비춘 적이 있습니다. 세상 사람들은 나름 자리를 잡은 거라며 합리적으로 그 길로 계속 가라고 합니다.

철학자가 되기로 했습니다. 또 비합리적인 선택을 했습니다. 어느 출판사 대표가 그러더군요. "자기계발서 계속 쓰시면 될 텐데, 왜 철학 쪽으로 가려고 하세요?" 제가 쓴 철학 관련 출판을 거절하면서 한 이야기였습니다. 맞습니다. 저는 철학을 전공 한 것도 아니고 정식으로 누구에게 철학을 배운 적도 없습니다. 독학 반, 야매 반으로 철학을 공부했지요. 책을 내는 것 자체가 힘든 것이 지금 출판 현실인데, 근본도 없는 야매가 철학으로 책을 내겠다니, 어느 독자, 어느 출판사가 관심을 가져 주겠습니까? 이보다 더 비합리적인 선택도 없었을 겁니다.

2

프로 복서가 되기로 했습니다. 비합리적인 선택으로 치자면 이번 선택이 끝판왕쯤 될 겁니다. 주위 사람들은 이제 '미쳤냐?'는 말도 하지 않습니다. 아마 포기한 걸 겁니다. 말해 봐야 듣지도 않고, 또 어떻게든 살아간다는 걸 받아들였기 때문일 테지요. 생각해 보니 참 황당한 삶입니다. 직장인, 작가, 철학자, 프로 복서. 이런 삶에는 어떤 공통점도 없기에 너무나 비합리적입니다. 어찌 보면 무책임하게 보이기도 합니다.

직장을 그만둔 것. 글쟁이로 살기로 한 것. 철학자가 되기로 한 것. 마흔을 앞둔 남자가 한 선택입니다. 이보다 더 비합리적인 선택도 없을 겁니다. 그 모든 선택은 분명 비합리적이었습니다. 직장을 그만둔 후 삶은 더 불투명해졌고, 글쟁이로 살기로 한 뒤 삶은 더 궁핍해졌고, 철학자로 살기로 한 뒤 삶은 더욱 외로워졌으니까요. 하지만 비합리적인 선택을 이어 오면서 하나 확신하게 된 것이 있습니다. 그건 행복해졌다는 것입니다.

한때 편한 삶이 곧 행복이라고 생각한 적이 있습니다. 안정적이고 익숙한 삶을 유지하며 편안하게 사는 것이 행복이라 믿었습니다. 그것이 아마 세상 사람들이 말하는 행복일 겁니다. 만약 그것이 행복이라면, 합리적인 선택을 이어가며 사는 것이 행복으로 가는 가장 확실한 방법입니다. 합리적인 선택은 언제나 안정적이며 익숙한 삶을 유지하려는 선택이니까요. 하지만 비합리적인 선택을 해 온 저는 지금 입니다. 진정한 행복은 합리적인 선택이 아니라 비합리적인 선택에서 온다는 걸요.

행복은 무엇일까요? 그것은 다양한 삶을 경험하고, 삶의 지평을 넓혀 나가고, 닥쳐오는 삶의 문제를 강건하게 맞설 때 얻게 되는 것입니다. 안정되고 익숙한 삶은 편안하지만 행복하지는 않습니다. 그런 삶의 끝에는 필연적으로 '그때 그걸 해 봤어야 했는데'라는 후회가 남기 때문입니다. 행복하지 못하는 이유는 분명합니다. 비합리적인 선택을 할 용기가 없어서입니다. 자신의 삶에 맞설 용기가 없기에 늘 합리적인 선택 속에 갇혀 지내는 걸 겁니다. 한동안 제가 그리 살았던 것처럼 말입니다.

어린 시절, 프로 복서가 되고 싶었습니다. 하지만 그건 너무나 비합리적인 선택이었기에 오랜 시간 도망쳐 왔습니다. 더 늦기 전에 도망쳐 왔던 그 꿈을 이루고 싶습니다. 프로 복서, 그로부터 너무 멀리 도망쳐 왔기에 꿈이 아니라 오히려 제게 들러붙은 저주에 가깝습니다. 이제 그 저주를 풀고 다시 앞으로 나아가고 싶습니다. 그래서 다시 한 번 비합리적인 선택을 하려 합니다. 용기를 내어 꿈을 이루고 저주를 풀고 싶습니다. 그 과정에서 다양한 경험을 하고, 삶의 지평을 넓혀 나가고, 닥쳐오는 삶의 문제들 앞에 강건하게 맞서고 싶습니다. 그렇게 조금 더 행복한 사람이 되고 싶습니다.

이 글을 시작하며 당신에게도 묻고 싶습니다. 가슴 속에 묻어 두었던, 너무나 간절했기에 애써 그걸 부정하고 은폐하며 살 수밖에 없었던 꿈은 무엇인가요? 현실적 문제들 때문에 도망쳐 왔던 꿈은 무엇인가요? 너무나 선택하고 싶었지만 비합리적이었기에 하지 못했던 선택은 무엇인가요? 더 늦기 전에 비합리적 선택을 한 번만이라도 할 수 있었으면 좋겠습니다. 바라건대, 서른일곱 살에 프로 복서에 도전하는 비합리적인 사람의 이야기가 여러분께 작은 용기를 전해줄 수 있었으면 합니다.

복서와 작가를 횡단했던, 황진규 씀

차례

스파링

드디어, 프로 복서

ROUND 07 **프로 복서, 그 후의 이야기**

BOXING

복서,
이전의
이야기

다시 찾아온 우울증,
당황이 공황이 되었다

　　'이대로 깨지 않으면 내일 회사 가지 않아도 되겠지.' 여느 날처럼 야근하고 집에 온 날이었다. 불도 켜지 않고 방 안에 누워 있다 떠오른 그 생각은 머릿속을 떠나지 않았다. 그날 이후, 직장 생활 7년 동안 우울증은 나를 지독하게 따라다녔다. '다 지나가겠지'라는 마음으로 버텼다. 그럴 수밖에 없었다. 두 아이를 둔 가장으로 무책임한 선택을 할 수는 없었으니까. 하지만 감정이란 것이 어디 누른다고 눌러지는 것이던가. '이건 사는 게 아니라 죽어 가고 있는 거야!'라는 내면의 외침은 점점 더 커져만 갔다.

　　우울증은 더욱 심해졌고, 깊어진 우울증만큼 감정 기복도

심해졌다. 두 돌이 갓 지난 둘째는 자정이 넘어도 쉬이 잠들지 못하고 울었다. "아이, 씨, 좀 자!" 아이를 안고 있던 나는, 나도 모르게 소리를 질러 버렸다. 그 소리에 아이만큼 놀란 건 바로 나였다. 그 놀람은 내가 은폐했던 삶의 진실을 순식간에 드러냈다. "다 거짓말이구나. 아이들을 위해 직장을 꾸역꾸역 참고 다닌다는 말은 다 거짓말이구나."

가족을 위해 직장인의 삶을 견디고 있다고 굳게 믿었다. 그 믿음은 비겁한 위선이었다. 그저 죽기보다 싫지만 동시에 안정적인 삶을 놓고 싶지 않았던 게다. 또 그 안정적인 삶을 벗어나 새로운 삶을 시작할 용기가 없었던 것일 뿐이었다. 그렇다. 있는 그대로의 내 모습을 은폐하기 위해 아이들을 변명거리로 사용하고 있었다. 이보다 더 비루한 삶이 있을까.

직장을 그만두었다. 이루 다 말할 수 없는 고민과 걱정, 불안의 시간을 보내고서야 그럴 수 있었다. 눈이 펑펑 내리던 12월 어느 날, 사표를 내고 회사를 나섰다. 생각보다 두렵거나 걱정되지 않았다. 오히려 작은 설렘과 평온함마저 느껴졌다. 아마 직장을 다녔던 시간 동안 충분히 고민했기 때문일 테다. 그리고 고민의 과정에서 내가 무엇을 하며 살아야 할지 알게 되었기 때문이기도 하다.

글을 쓰고 싶었다. 작가가 되고 싶었지만 확신할 수 없었다. 공돌이 출신 월급쟁이가 글을 쓰는 작가가 되는 일은 정말 꿈같은 일이었으니까. 작가는 못 되어도, 더 이상 쓸 수 없는 상황이 올 때까지 쓰고 싶었다. '식상까지 때려치운 마당에 하고 싶은 일 실컷 해 보자'라는 심정이었다. 퇴직금을 모두 아내에게 주고 작은 배낭을 하나를 샀다. 매일 새벽, 그 배낭에 책과 노트북을 넣고 어디론가 향했다. 발길 닿는 곳에 앉아 읽고 썼다. 그리고 또 읽고 썼다.

작가가 되었다. 운이 좋아 몇 권의 책도 냈다. 한두 사람이 나를 '작가'라 불러 주었다. 세상 사람들의 말마따나 나는 꿈을 이룬 셈이었다. 그렇게 나는 모든 문제가 다 해결된 거라 믿었다. 하지만 이 빌어먹을 삶이 어디 그리 호락호락하던가. 쑥스러웠던 '작가'라는 호칭이 익숙해져 갈 무렵, 다시는 느끼고 싶지 않았던 감정이 찾아들었다. 어둡고 축축한 늪 같은 감정. 우울증. 당황스러웠다. 그 늪에서 벗어나기 위해 갖은 발버둥을 쳤는데, 여전히 그 지긋지긋한 늪이라니. 당황은 공황이 되었다.

열심히 살았는데… 다시 새로운 뭔가를 해야 했다

한동안 멀쩡한 인도를 놔두고 위험한 차도로 걸어 다녔다. 인도 옆에 늘어선 건물에서 무엇인가 떨어질 것만 같았다. 망상이 아니었다. 실제로 일어날 현실이었다. 분명 내게는 그랬다. 역설적이게도 인도보다 차도가 더 안전한 길이었다. 차도에서 무엇인가 떨어질 일은 없으니까. 눈앞에 보이는 쌩쌩 달리는 차들은 얼마나 안전한가. 나중에 알았지만 그건 일종의 공황 장애 증세였다. 세상은 점점 커 보였고 그럴수록 심장 박동은 점점 빨라졌다.

어느 날 아침, 불안하고 걱정되는 것이 아니라 화가 나고 억울했다. 최선을 다하며 살았다고 말할 수 없지만, 그때그때 주어진 숙제는 열심히 하고 살았다. 집에 돈이 없어도 대학은 가야 한다기에 열심히 공부했다. 국립 대학에 진학했다. 밥벌이하려면 취업을 해야 한다기에 열심히 준비했다. 대기업에 취직했다. 그 좋은 직장도 내가 원했던 삶이 아니었기에 그곳마저 박차고 나왔다. 매일 새벽에 하루도 거르지 않고 읽고 쓰는 삶을 살았다. 그렇게 나는 작가가 되었다.

그리도 애를 쓰며 살아왔다. 그런데 그렇게 다다른 곳이 공황 장애라니. 어찌 화가 나고 억울하지 않을 수 있을까. 어떤 것도 선명하게 정리되지 않은 채, 시간은 속절없이 흘렀다. 나는 우울증과 공황 장애 사이에 서른여섯 살을 맞이했다. 무엇을 어떻게 해야 할지도 몰랐다. 거울에 비친, 어둡고 우울한 나를 보며, 하나만은 확실히 알았다. 다시 내 삶을 긍정하기 위해 무엇인가를 해야 한다는 것을.

무엇을 어떻게 해야 할지 모른 채로, 무엇인가를 어떻게 해야만 한다는 역설과 혼란이 가득 찬 시간 어느 곳에 나는 서있었다. 그렇게 우울증과 공황 장애 사이에서 방황하고 있었다. 유혹에 흔들리지 않는다는 '불혹(不惑)'은 내 물리적 나이와는 상관없이 아직 한참이나 멀어 보였다. 다시 찾아온 그 암흑 같은 방황 때문이었을까? 지나온 내 삶을 통째로, 천천히 복기하기 시작했다. 그때까지만 해도 전혀 알지 못했다. 이 방황의 끝이 황당하고 당황스럽게도, '복서'로 향하게 될지 말이다. 인생은 참 알 수 없다.

나는 왜 프로 복서가 되고 싶었을까?
"진짜 꿈은 콤플렉스다"

복싱이 인기 종목이었던 1980년대, 아버지는 복싱을 참 좋아하셨다. 누군가 나에게 행복한 기억을 물었다. "아버지 무릎에 앉아 복싱 중계를 보던 거요." 그때가 참 좋았다. 아버지에게 안겨 있던 느낌도, 아버지가 배를 만져주었던 느낌도. 복싱은 그렇게 아주 어린 시절부터 나의 행복한 기억 한편을 차지하고 있었다. 복싱이 좋았던 걸까? 아니면 아버지에게 사랑받고 있다는 느낌이 좋았던 걸까? 그렇게 꼬맹이의 꿈은 복서가 되었다.

복서처럼 강한 사람이 되어야 사랑받을 수 있다고 생각했던 걸까. 친구들이 축구공을 들고 운동장으로 가던 시절, 나는 검은색 도복을 들고 반지하 체육관으로 들어서는 것이 좋았다. 퀴퀴한 냄새, 거대해 보였던 검은색 샌드백, 어떻게 손에 감는지도 몰랐던 붕대, 조금 불량스러워 보였던 체육관 형들까지 다 좋았다. 어린 시절부터 꽤 긴 시간 복싱, 킥복싱, 합기도 같은 격투기 운동을 했다.

오래, 격한 운동을 했던 덕에 강한 척 할 수 있었다. 하지만 내겐 누구에게도 말하지 못한 치명적인 약점이 하나 있었다. 그건 '실전 공포증'이었다. 상대와 마주 서서 진짜로 치고받아야 하는 상황이 되면 긴장하고 겁이 나서 몸이 굳어버리기 일쑤였다. 동네 싸움에서 한 대도 때리지 못하고 아니 몸이 굳어버려 얻어터지고 온 어느 날, 나는 운동을 포기해 버렸다. 얼마나 다행인지 몰랐다. '복싱이나 격투기로 밥벌이를 할 수 없다'고 말하는 사람들이 많다는 사실이. 그때 나는 속으로 생각했다. '복싱 같은 거 다 쓸데없는 운동이야, 지금은 공부를 해야 할 때야!'

공부, 했다. 딱히 잘하지는 못했지만 중간 이상은 했다. 그덕에 IMF를 갓 지났을 무렵 4년제 국립 대학에 들어갈 수 있었다. 스물여덟 살, 취업 한파가 불어 닥친 시절이었지만 조금의 노력과 적지 않은 운 덕분에 꽤 괜찮은 대기업에 들어갔다. 시간은 훌쩍 지나 버렸다. 평범한 혹은 안정적인 삶을 사느라 복서라는 꿈은 잊힌 지 오래였다. 직장 생활 7년, 나는 우울증에 걸렸다. 그 우울증으로 알게 되었다. 내게 직장은 돈을 버는 것 말고는 아무런 의미도 즐거움도 희망도 없는 곳이란 걸.

다시 '공부', 했다. 다시 시작한 '공부'는 학창 시절의 공부는 아니었다. '나'라는 존재에 관한 공부였다. 이대로 살아도 좋은가? 나는 무엇을 하고 싶은가? 무엇을 할 수 있는가? 삶의 의미는 어디서 어떻게 찾아야 하는가? 태어나서 한 번도 해본 적 없는 질문에 답하기 위해 열심히 '공부'했다. 그리고 알게 되었다. 회사를 그만두어야 한다는 것도, 글 쓰는 삶을 살아야겠다는 것도. 그렇게 나는 작가가 되었다. 나는 정말이지, 삶을 굉장히 훌륭하게 살아내고 있다고 믿었다. 하지만 바로 그때 내게 공황 장애가 찾아왔다.

'실전 공포증'과 '삶 공포증'

도대체 무엇이 문제였을까? 시간을 한참 흘려보낸 후에야 알게 되었다. 어린 시절 콤플렉스였던, '실전 공포증'이 여전히 내 발목을 잡고 있었다. 이제는 기억도 희미해져 버린 시절에 도망쳤던 복서라는 꿈이 근원적인 문제였다. 그것이 내 삶 거의 모든 문제의 중핵이었다. '실전 공포증'을 피해 복서라는 꿈에서 도망쳤다. 하지만 그건 단순히 치기 어린 시절의 꿈 하나를 포기한 게 아니었다. 그건 삶 자체에서 도망쳤다는 것을 의미했다. 순간순간 우리를 덮쳐 오는 삶, 그 자체가 바로 '실전'이란 사실을 잊고 있었다.

'실전 공포증'에 맞서지 못했던 대가로, '삶 공포증'에 시달리고 있었던 게다. 나는 열심히 '공부'만 했을 뿐, 담대하게 '삶'에 맞서지 못했다. 그것이 바로 나의 우울증과 공황 장애의 근원적인 원인이었다. 직장인으로 우울증에 긴 시간 시달렸던 이유도, 작가로 살면서 공황 장애에 시달렸던 이유도 모두 '삶 공포증' 때문이었다. 어느 순간 어떻게 날아올지 모르는 상대의 주먹이 두려워 '몸'이 굳어 버리는 것. 어느 순간 어떻게 날아올지 모르는 삶의 고난이 두려워 '마음'이 굳어 버리는 것. 이 둘은 본질적으로 같은 내면적 상태다.

'스피노자'라는 철학자는 '심신평행론'이라는 개념을 말한 적이 있다. 이는 몸과 마음은 유기적으로 연결되어 있어, 둘은 서로에게 영향을 미치며 평행한 상태를 유지한다는 의미다. 쉽게 말해, 몸이 아프면 마음도 아프고, 마음이 아프면 몸도 아프다는 말이다. 이는 몸이 고장 났을 때는 마음을 점검하고, 마음이 고장 났을 때는 몸을 점검해 봐야 한다는 의미이기도 하다. 스피노자의 통찰에 따르면, 나는 상대의 주먹이 두려워 '몸'이 굳어 버렸던 날, '마음' 역시 굳어 버렸던 게다. 불시

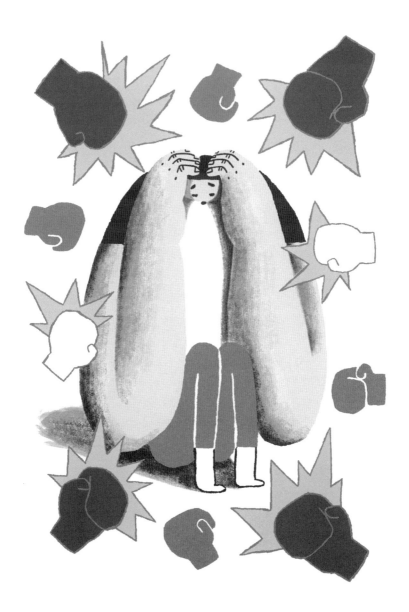

에 날아올지 모르는 삶의 고난에 '마음'이 굳어 버린 건 그래서였다.

나는 건물 위에서 무엇이가 떨어질까 봐 두려웠던 것이 아니다. 삶에서 예측하지 못한 고난이 떨어질까 봐 두려워했던 게다. 이 깨달음은 후련한 깨달음이 아니었다. '알았다!'가 아니라 '알아 버렸구나!'였다. 두렵고 그래서 도망가고 싶은 마음을 들게 하는 깨달음이었다. 이제 해야 할 것은 안전한 '공부'가 아니라 두려운 '삶'에 맞서는 것임이 명확해져 버렸으니까. 지금 닥쳐온 시련을 넘어서기 위해서는 오랜 시간 외면해 온 복서라는 '꿈'을 이뤄야만 한다는 것을 깨달아 버렸다.

꿈은 콤플렉스다

꿈은 무엇일까? 세상 사람들은 그것을 희망적이고 긍정적인 것이라 여긴다. 그런 이들은 진짜 꿈을 가져본 적이 없는 사람들이다. 진짜 꿈을 가져 본 사람들은 안다. 꿈은 지독히도 자신을 괴롭히는 콤플렉스라는 사실을. 꿈에는 두 가지 종류의 꿈이 있다. 첫 번째는 지금의 삶을 합리화하는 꿈이다. 두 번째는 콤플렉스로서의 꿈이다. 기타리스트가 꿈인 두 명의 직장인, C와 H를 알고 있다.

C는 직장 생활이 고되거나 직장 생활에 회의가 찾아 들 때

면, 주변 사람들에게 늘 말한다. "내 꿈은 기타리스트야." 직장 때문에 삶이 질식되어 갈 때마다 그는 긍정적이고 희망적으로 자신의 꿈에 대해서 말한다. 그리고 방 한편에 놓여 있는 기타를 치며 불안하고 답답한 지금의 삶을 합리화한다. 첫 번째 꿈을 꾸는 부류다.

H 역시 기타리스트가 꿈이다. 아주 어린 시절부터 기타리스트의 꿈을 키웠지만 현실의 문턱에서 좌절했다. 그리고 직장인이 되었다. H의 집에는 기타는 고사하고 기타와 관련된 그 어떤 물건도 없다. 그에게 물었다. "왜 집에 기타가 없냐?" "그거 쳐다보고 있으면 자꾸 불편해져서" 그가 대답했다. '기타'라는 단어를 '그거'라고 말해야 할 만큼 H에게 기타는 불편한 존재였다. 그에게 기타리스트라는 꿈은 콤플렉스다. 기타를 쳐다볼 때면 마치 누군가 "넌 꿈에서 도망친 놈이잖아!"라고 말하는 것만 같다. H는 그렇게 꿈이라는 콤플렉스에 시달린다. H는 두 번째 꿈을 꾸는 부류다.

지금의 삶을 합리화하는 꿈은 차라리 없는 게 더 낫다. 그런 꿈은 삶의 도피처이기 때문이다. 그럴듯한 꿈 하나를 내세워 놓고 지금의 삶으로부터 도망치려는 삶. 그것보다 암울하고 불행한 삶도 없다. 진짜 꿈은 콤플렉스다. 이루지 못한 꿈은 삶을 짓누른다. 진짜 꿈을 가져 본 적이 있는 사람은 안다.

그 꿈이 얼마나 집요하게 자신을 괴롭히는지. 애초에 없었던 것처럼 외면해 버리고 싶을 정도다. 내면에 깊이 각인된 콤플렉스처럼. 그러니 꿈이 콤플렉스처럼 자신을 괴롭히지 않는다면, 그것은 자신의 진짜 꿈이 아니라고도 말할 수 있다.

꿈은 왜 콤플렉스가 될까? 다른 사람은 몰라도 자신만은 분명히 알고 있기 때문이다. 꿈에서 도망쳤다는 걸. 하지만 도망치는 삶을 쉬이 끝낼 수도 없다. 묵혀 두었던 꿈을 이루기 위해서 포기해야 할 것들, 감당해야 할 것들이 너무 많은 까닭이다. 먹고 사는 문제로 늘 고민하는 월급쟁이가 기타리스트를 꿈꿀 때 그것이 어찌 콤플렉스가 되지 않을 수 있을까? '기타리스트는 내 꿈이야!'라고 말하는 것이 아니라 '기타리스트는 내 꿈이 아니야!'라고 말하는 것이 더 편할 테다. 그렇게 진짜 꿈은 불편하기 짝이 없는 콤플렉스가 된다.

꿈을 이루고 싶다 = 콤플렉스를 극복하고 싶다

언젠가 개그맨 윤형빈이 프로격투기 시합을 한 적이 있다. 그 시합을 보는 내내 불편했다. 나 자신에게 화가 나고 창피했다. 마치 누군가 내 옆에서 이리 말하는 것 같았다. "넌 비겁하게 꿈으로부터 도망쳤지만, 쟤는 당당하게 자기 꿈에 맞서고 있잖아!" 복서라는 오래된 나의 꿈은 분명 콤플렉스였다. 한

동안 나를 괴롭혔던 우울증과 공황 장애 증세는 결국 복서라는 꿈을 이루지 못했기에 일어난 사달이었다. 다른 사람은 이해할 수 없어도, 나 자신만은 분명히 알고 있었다.

내 콤플렉스는 '실전 공포증'이다. 승부의 순간에는 언제나 주저하고 몸이 굳어 버린다. 그러니 삶이 실전임을 깨닫게 되는 순간마다 마음이 굳어 버렸다. 그것이 내게 우울증과 공황 장애가 찾아온 이유였다. 세상이 두려웠고, 삶은 어렵게만 느껴졌다. 어디서부터 잘못되었는지 이미 알고 있었다. 몸이 굳어 버렸던 그때, 긴장되고 두렵지만, 이를 악물고 치고받았어야 했다. 그렇지 못했기에 여전히 나는 복서라는 꿈에 시달리고 있었다.

잘못 채워진 첫 단추를 찾았다. 삶에 당당하게 맞서기 위해서는 그 첫 단추를 다시 채워야만 했다. 어린 시절 회피했던 그 꿈을 더 늦기 전에 이루어야만 했다. 아니 긴 시간 지독히도 나를 괴롭혔던 콤플렉스를 극복해야만 했다. 저주 같은 그 꿈을 우회하고서는 삶을 제대로 살 수도 없을 거란 걸 깨달았다. 젠장, 절망적이게도, 나는 프로 복서가 되고 싶었던 게 아니다. 되지 않으면 안 되는 거였다. 삶은 이리도 잔인하다.

꿈이 콤플렉스가 되는 이유는 현실 때문이다. 나도 안다. 꿈을 이루기 위한 수많은 현실적 문제들을. 마흔을 앞둔, 두 아이를 둔 가장인 사람이 프로 복서가 되기는 좀처럼 쉽지 않은 일이다. 먹고사니즘, 건강, 기타 등등 문제가 넘쳐난다. 하지만 나는 기어이 프로 복서가 되어야겠다. 더 이상 도망치는 삶, 콤플렉스에 전전긍긍하는 삶을 살고 싶지 않으니까. 성숙해진다는 건, 행복해진다는 건, 어쩌면 자신에게 저주처럼 들러붙어 있는 꿈에 당당히 맞서는 과정에서 얻을 수 있는 것인지도 모르겠다.

많은 어려움이 있겠지만, 콤플렉스로서의 꿈에 당당히 맞서고 싶었다. 꿈으로부터 도망치는 삶, 콤플렉스에 시달리는 삶이 얼마나 괴로운지 깨달았기 때문이다. 꿈에 맞서면서 감당해야 할 문제들이 어렵다면, 꿈으로부터 도망치면서 감당해야 할 문제들은 끔찍하다. 끔찍한 삶보다 어려운 삶이 행복한 삶에 가깝다. 그래서 더 이상 프로 복서라는 꿈으로부터 도망치고 싶지 않았다. 언젠가 내 아이들이 꿈에서 도망치려고 할 때, 아이들에게 당당하게 말할 수 있는 근사한 아빠가 되고 싶다. "꿈에서 도망치지 않아야 행복할 수 있단다."

복싱을 하려면 헬스부터?
"하고 싶은 일이 있다면, 그냥 시작하면 된다"

'복서가 되자!' '프로 복서로서 링에 서자!' 마음먹었다. 그러고는 거울에 비친 내 모습을 보았다. 짧은 탄식이 흘러나왔다. 그간의 시간과 생활을 고스란히 품은 축 처진 뱃살이 나의 저질 체력을 그대로 보여 주고 있었다. 또다시, 겁이 났다. 프로 복서가 되는 것이 어디 쉬운 일인가? 보호 장비라곤, 달랑 글러브 하나에 마우스피스 하나다. 그 상태로 서로 죽고 살기로 치고받는 게 프로 복서다. 아무나 할 수 있는 일이 아니란 건 운동을 조금이라도 해 본 사람이라면 다 안다.

우선 몸을 만들어야겠다고 생각했다. 기초 체력부터 만들지 않으면 프로 복서라는 꿈을 이루기도 전에 골병이 들 게 뻔해 보였다. 그렇게 프로 복서로 가는 첫 관문으로 헬스장을 찾았다. 복싱 체육관을 곁눈질로 힐끔거리며 헬스장으로 향했다. 헬스장에 들어서며 매번 다짐했다. '그래, 몸만 만들어지면, 바로 복싱 체육관으로 가는 거야!' 매일 2시간씩 1년을 헬스장에서 보냈다. 열심히 운동한 덕에 뱃살은 사라졌고, 체력은 점점 좋아졌다. 하지만 여전히 복싱 체육관을 힐끔거리며 스스로 말하고 있었다. '아직, 체력적인 준비가 덜 됐어.'

나중에야 알게 됐다. 그때 나는 여전히 마음먹지 못했다. 여전히 두려웠던 게다. 몸을 만들고 싶어서 헬스장에서 1년을 보낸 게 아니었다. 복싱 체육관에 들어서는 것이 두려워 나 자신에게 다시 1년의 유예 기간을 준 것일 뿐이었다. 그 유예 기간은 나 자신도 속일 만큼 아주 합리적인 핑계였다. 나는 여전히 도망치는 중이었다. 프로 복서가 되기 위한 첫 관문은 헬스장이 아니었다. 복싱 체육관에 발을 딛는 거였다. 이를 깨닫자마자 쿵쾅거리는 심장을 부여잡고 눈 딱 감고 복싱 체육관에 등록했다.

1년 동안의 헬스장 체력은 3분짜리

본격적으로 복싱을 시작했다. 내심 체력만은 자신 있었다. '헬스장에서 운동한 게 얼만데'라는 생각 때문이었다. 그 자신 감이 산산이 무너지는 데 필요한 시간은 딱 3분이었다. 복싱 체육관을 꽤 오래 다닌 회원과 메서드 스파링(Method sparring, 약한 강도의 스파링, 일종의 약속 대련)을 했다. 근데 이게 어찌 된 일 인가? 헬스장에서는 30분 동안 달려도 괜찮은 체력이었는데, 3분 만에 숨이 턱까지 차서 헉헉거렸다.

거친 숨을 몰아쉬며 링에서 내려왔다. 자괴감과 의문이 밀 려왔다. 이제껏 헬스장에서 키웠던 체력은 다 어디 갔단 말인 가? 헬스장에서 1년을 운동했는데 링 위에서는 3분도 버틸 수 없단 말인가? 복싱에 어느 정도 익숙해져 가면서 의문이 풀렸 다. 헬스장 운동은 복싱에 전혀 도움이 안 되는 것은 아니지만 그렇다고 전적으로 도움 되는 것도 아니다.

복싱의 움직임은 헬스장에서의 움직임과 다르다. 복싱에 필요한 근육은 헬스장에서 만들기 어렵다. 이것이 헬스장에 서는 한 시간도 너끈히 운동할 수 있지만, 복싱 스파링은 3분 도 채 버티기가 쉽지 않은 이유다. 가끔 헬스장에서 만든 근육 질의 몸으로 자신만만하게 복싱 체육관을 찾는 사람이 있다. 그들은 그 자신만만함으로 서둘러 링에 오를 때가 있다. 그 자신만만함이 사라지는 데 필요한 시간은 3분이다. 깡마른 프로 복서를 헉헉대며 3분만 상대하면 정신없기 마련이다.

링에서 헉헉대는 이유가 또 있다. 복싱이나 격투기를 실제로 해 본 사람은 다 안다. 긴장과 체력에는 기묘한 상관관계가 있다는 걸. 긴장을 하면 체력이 급속도로 빨리 빠진다. 상대와 마주 서서 치고받아야 하는 운동은 초심자에게 엄청난 긴장을 유발한다. 그 긴장은 온몸에 힘을 잔뜩 들어가게 만든다. 익숙하고 편안한 상태에서 운동하는 것과 극도로 긴장한 상태로 운동하는 것의 체력 소모 차는 상상 이상이다. 조기 축구, 근력 운동 등을 하며 체력을 키울 수 있을지는 몰라도, 복싱이 주는 특유의 긴장감은 어디서도 훈련할 수 없다.

준비한다고?! 두려움에 떨고 있는지도

삶은 단순하다. 하고 싶은 게 있다면 그냥 하면 된다. 복싱을 하고 싶다면 복싱 체육관으로 가면 된다. 주짓수를 하고 싶다면 주짓수 도장으로 가면 된다. 체력이 안 된다는, 몸을 만들어야 한다는 말은 필요 없다. 대부분 다 핑계고 합리화다. 복싱을 하다 보면 복싱 체력이 생기고, 복싱에 적합한 몸이 만들어진다. 주짓수도 마찬가지다. 주짓수를 하다 보면 주짓수 체력이 생기고, 주짓수를 잘할 수 있는 몸이 만들어진다.

다른 일도 결국 마찬가지다. 글을 쓰고 싶다면서 몇 년째 책만 읽고 있는 사람들을 많이 알고 있다. 그들은 대부분 결국 글을 쓰지 못한다. 아직 준비가 덜 되었다는 이유로 말이다. 글을 쓰고 싶으면 그냥 쓰면 된다. 잘 쓰든 못 쓰든 그냥 쓰면 된다. 쓰다 보면 글쓰기 근육이 만들어지고 글 쓰는 데 적합한 몸이 만들어진다. 하고 싶은 일이 있다면 그냥 그 일을 하면 된다. 삶은 이리도 단순하다. 자기 기만을 겹겹이 쌓으며 삶을 복잡하게 만들고 있을 뿐이다.

물론 어떤 일을 시작하는 데 아무런 준비도 필요 없다는 말은 아니다. 하지만 대체 우리가 언제 '준비'라는 것을 하는지 되돌아보자. 그건 분명 두려운 일을 시작하려고 할 때다. 두렵지 않은 일은 대체로 그냥 한다. 익숙하고 편한 친구를 만나러 가는 데 '준비'한다고 호들갑 떨지 않는 것처럼. 반대로 좋아하는 사람에게 고백하러 가야 할 때면 '아직 준비가 덜 됐다'며 호들갑을 떨지 않는가. 내가 '준비, 준비, 준비'를 외칠 때는 어떤 일이 두렵다는 방증이었다.

좋아하는 사람에게 사랑 고백을 하기 위해 마음의 준비를 한다. 하지만 대체로 그 준비는 그 사람에게 다른 연인이 생기고 난 뒤에야 마련된다. 회사를 그만두기 위해 준비를 한다. 하지만 대체로 그 준비는 언제나 차일피일 미뤄지다 정리해고 이후에나 마련된다. 그렇게 삶은 속절없이 지나가 버린다. 그 '준비' 때문에. 그토록 '준비'의 중요성을 말하는 이유는 두려운 일을 유보하거나 회피하기 위해서일지도 모르겠다.

두려운 일을 가장 잘 '준비'하는 일은 그냥 그 일을 하는 것이다. 하고 싶은 일, 해야 할 일이 있다면 그냥 하면 된다. 고백이든, 사표든 일단 저지르면 된다. 물론 그 저지름 뒤에 감당해야 할 일이 꽤 있다. 하지만 어쩌면 그 감당이야말로 진정한 '준비'일지 모른다. 저지르고 남겨진 문제들을 감당하는 과정에서 더 세련된 사랑을 할 수 있게 되고, 더 행복한 밥벌이를 할 수 있게 되니까. 하고 싶은, 해야만 하는 일을 할 수 있는 가장 좋은 방법은 일단 저지르는 것이다. 하고 싶은 일, 해야만 하는 일 속에 자신을 던지는 것. 이것이 가장 그 일을 빨리 익히는 비법이다.

앞으로 또 '준비'해야 하는 삶을 만날 테다. 필요하다면, 어떤 일을 시작하기 전에 '준비'를 할 것이다. 하지만 그 '준비'라는 것 앞에서 스스로 정직하게 되물을 수는 있을 것 같다. '나는 준비를 하는 것인가? 아니면 유보하고 회피하고 있는 것인가?'

복싱과
연애 I

복싱은 함께하는 스포츠다. 서로 치고받는 상대와 함께하는 스포츠다. 상
대가 없다면 진정한 복싱은 애초에 시작할 수조차 없다. 그래서였을까? 매
일 체육관에서 땀을 흘리며, 복싱과 연애가 참 많이 닮았다는 생각을 했다.
쉬이 납득할 수 없을지도 모르겠다. 잔혹하게 서로 치고받는 복싱과 사랑
스럽게 서로 보듬어 주는 연애가 도대체 어떻게 닮은 것일까?

연애는 기적과 같은 일이다. 어제까지 누구인지도 몰랐던 사람과 순식간
에 깊은 관계로 들어서기 때문이다. 이런 일은 연애가 아니라면 우리네 삶
에서 좀처럼 일어나지 않는다. 인간은 상처받기 쉬운 존재다. 그래서 쉽사
리 누군가와 가까워지지 못한다. 누군가는 상처받지 않기 위해 타인들과
영원히 거리 두기도 하고, 누군가는 상처를 최소화하기 위해 타인들과 천
천히 가까워지려 한다.

연애는 이런 일상적 관계를 훌쩍 뛰어넘어 버린다. 서로의 속마음을 알 수
없는 두 사람이 있다. 그들 사이에는 미묘한 긴장이 흐른다. '저 사람은 나
를 좋아할까?' 이 긴장감이 유지되는 동안에 둘은 일정한 거리를 둔 '남'이
다. 하지만 어느 한 사람이 '고백'하는 순간 그 팽팽했던 긴장은 끊어진다.
"오랫동안 좋아해 왔어요." 이 고백으로 서로 유지해 왔던 긴장이 일시에

해소된다. 그 긴장은 너무나 팽팽했기에 그 긴장이 해소되는 순간, 둘은 순식간에 일상적 관계를 훌쩍 넘는 아주 가까운 사이가 된다. 마치 팽팽하게 잡아당긴 고무줄이 순식간에 수축하는 것처럼 말이다.

용기 내 주먹을 뻗는, 복싱의 고백

복싱도 그렇다. 일반적으로 생각하면, 서로 치고받다 보면 서로 친해지기는커녕 감정만 상할 것 같다. 하지만 놀랍게도, 현실은 정반대다. 체육관에서 자주 보았지만 서로 말 한마디 해 본 적 없는 두 사람이 있다. 이 두 사람이 어느 날 링에 올랐다. 공이 울리자마자, 거친 숨을 몰아쉬며 서로 죽일 것처럼 치고받는다. 3분 3라운드를 그렇게 서로 치고받는다. 9분이 순식간에 흘렀고 스파링은 끝이 난다.

그렇게 서로 치고받다 지쳐 버린 두 사람은 감정이 상하기는커녕 서로를 부둥켜안고 서로 수고했다며 연신 격려한다. 누가 시킨 것도 아닌데 말이다. 링에서 내려와서도 한참을 웃으며 서로 이야기를 나눈다. 그뿐인가. 다음날부터 체육관에서 마주치면 마치 10년을 알고 지낸 친구처럼 가까워져 있다. 이런 관계 역시 서로에게 일정한 거리를 두려는 일상적 관계를 훌쩍 넘어 있다. 마치 연애처럼 말이다.

체육관의 두 사람이 일상적 관계를 훌쩍 넘어 친밀해진 원리는 연애의 그것과 같다. 서로 치고 치고받아야 할 상황이 만들어내는 팽팽한 긴장감 때문이다. 서로 한 번도 주먹을 섞어 본 적 없기에, 상대의 주먹이 얼마나 강한지 확인한 바 없기에 긴장된다. 그 팽팽한 긴장감이 공이 울리기 전까지 유지된다. 공이 울리고 서로 치고받는 상황에 돌입하는 순간, 그 팽팽한 긴장감은 일거에 해소된다. 공이 울리고 서로 주먹을 섞는 순간이 고백의 순간인 셈이다.

팽팽했던 긴장의 해소가 주는 독특한 유대감이 있다. 그 유대감이 일상적 관계를 훌쩍 넘어 두 사람이 친밀해질 수 있는 도약을 가능케 한다. 고백으로 긴장을 해소하고 연인이 되는 것처럼 복싱에서는 용기를 내 주먹을 뻗고 나서야 상대방과 가까워진다. 긴장과 용기, 관계의 도약. 연애와 복싱은 닮았다.

BOXING

**ROUND
02**

줄넘기

복싱은 겉멋이 아니다
"실전은 야박하다. 삶이 실전이다"

　　"스파링 한 번 하시죠?" 본격적으로 복싱을 시작한 지 두 달 즈음 되어갈 때 관장이 스파링을 제안했다. 두 달 동안 나름 열심히 했다. 기본기인 줄넘기부터 거울을 보고 자세를 가다듬는 훈련인 섀도복싱(Shadow boxing)은 물론이고 샌드백을 치는 것까지 하루도 거르지 않았다. 어렸을 때 운동한 것도 있고, 운동 신경이 전혀 없는 편도 아니어서 스텝이나 자세는 어느 정도 나왔다. 그래서였는지 관장이 스파링을 권한 것이다. 내심 기분이 좋았다. 운동한 지 얼마 안 되었지만 실력을 인정받는 기분이 들었다. 거울에 비친 내 복싱 자세를 보며 뿌듯했다.

스파링 날이 다가올수록 긴장되기도 했지만 내심 기대도 되었다. 첫 스파링에서 상대를 어떻게 때려눕힐지 상상했다. 그리고 마침내 스파링 하는 날이 되었다. 상대는 나보다 체격은 작았지만 근육질의 탄탄한 몸이었다. 프로테스트(프로 복서가 되기 위한 자격을 취득하기 위한 테스트)는 통과하지 못했지만, 다른 격투기 프로 시합을 뛴 적이 있는 선수였다.

치아를 보호하는 마우스피스(mouthpiece)를 물고 머리를 보호하기 위해 헤드기어(headgear)를 쓰고, 14온스(1온스oz는 28g, 10~12온스는 샌드백 치기, 14~18온스는 스파링용으로 사용한다.) 글러브를 끼고 링에 올랐다. 여전히 긴장보다는 기대가 컸다. 상대를 어떻게 공격할지 머릿속으로 상상하느라 정신이 없었다. 그러는 사이에 공이 울렸다. 공이 울리자마자 상대는 거리를 좁히며 저돌적으로 달려들었다. 당황한 나는 엉겁결에 펀치를 날리기 시작했다. 정확히는 허우적거리기 시작했다. 그렇게 내 주먹이 허우적거리는 사이에 상대의 체중을 실은 강펀치가 내 얼굴에 정확히 꽂혔다.

별이 번쩍했다. '찌지징' 광대뼈에 감전된 것 같은 느낌이 들었다. 그 느낌은 뭐랄까, 통증이 아니라 일종의 공포심에 가까웠다. 스파링을 시작한 지 2분도 채 지나지 않아서 손사래를 치며 헤드기어를 벗어 버렸다. 아파서가 아니라, 두렵고 당

황스러웠기 때문이다. 관장과 상대는 더 당황한 듯 영문을 몰라 했다. 스파링에서 그 정도 강도의 펀치는 일상적으로 주고받기 때문이었다.

스파링을 2분도 채우지 못하고 내려왔을 때의 그 창피함이란 이루 다 말로 할 수 없었다. 일반 회원들에게 복싱 좀 한다고 "이건 이렇게 하는 거고요, 저건 저렇게 하는 거예요."라고 떠들었던 내 자신이 부끄럽고 창피했다. 프로 복서가 되려고 하는 사람이 스파링도 소화하지 못했다는 생각에 자괴감이 들었다. 그 자괴감은 링에서 내려온 이후로도 한동안 계속되었다. 창피함, 부끄러움, 자괴감 때문에 도망치듯 서둘러 체육관을 빠져 나왔다. 그리곤 고민에 빠졌다. '프로 복서가 되겠다는 꿈은 애초에 너무 무리였던 걸까?'

첫 스파링으로 알게 된 두 가지

도대체 무엇이 문제였을까? 황당한, 창피한 스파링 이후 두 가지를 알게 되었다. 첫 번째는 내 콤플렉스의 정확한 기원이 어디인지 알게 되었다. 어렸을 때 친구와 싸우다 한 대 맞았을 때, 별이 번쩍하며 광대뼈에 감전된 것 같은 느낌, 그 느낌이 들 때면 나는 몸이 굳어 버리곤 했다. 그것이 승부 순간에 몸이 굳어 버리는 내 콤플렉스, '실전 공포증'의 기원이었다. 그것을 극복하기 위해 복서가 되어야만 했던 게다. 첫 스파링으로 그것을 알게 되었다.

또 하나 알게 된 것이 있다. 그건 바로 '겉멋'이었디. 두 달이 넘는 시간 동안 복싱을 겉멋으로 했다. 그걸 인정하지 않을 수 없었다. '섀도복싱은 이렇게 하는 게 멋있지 않을까?' '샌드백은 이렇게 치는 게 멋있겠지?'라는 생각으로 복싱을 했다. 그 겉멋이 스파링에서도 통할 것이라 생각했던 게다. 하지만 스파링은 실전이다. 보호 장비만 착용했을 뿐, 정말 있는 힘껏 상대와 치고받는다. 그건 진짜 싸움이다. 진짜 싸움에 겉멋은 통하지 않는다.

긴 시간 운동을 했지만 여전히 '실전 공포증'을 극복하지 못했던 건 이제껏 운동을 겉멋으로 했기 때문이었다. 겉멋은 실전 앞에 아무런 맥도 추지 못한다. 실전은 자신의 전부 혹은 일부를 걸고 싸워야 하는 진짜 싸움이다. 나는 여전히 겉멋이 잔뜩 들어 운동을 하고 있었을 뿐, 진짜 싸움을 할 준비가 되어 있지 않았던 게다. 당연히 창피한, 그래서 자괴감을 느낀 스파링밖에 할 수 없었다. 첫 스파링이 내게 가르쳐 준 교훈이었다. '복싱은 겉멋이 아니다!'

링 위에서는 첫 스파링이라고, 컨디션이 안 좋다고, 봐주거나 살살 때리는 법은 없다. 패배를 인정하기 전까지 상대는 죽기 살기로 나를 때린다. 복싱은 실전이다. 그래서 야박하다. 바로 이런 현실이 겁나고 두려워서 복서라는 오랜 꿈을 피해 다녔던 게다. 이 사실을 첫 스파링으로 겨우 깨닫게 되었다.

그보다 더 아픈 깨달음도 있다. 나는 비겁한 사람이었다. 실전에 당당하게 맞서는 근사한 사람은 되고 싶지만, 막상 실전에 진짜 뛰어들 용기는 없는 비겁함. 이를 숨기고 싶어서 복싱이나 격투기를 (겉멋으로나마) 하고 싶었던 것이었다. 그것을 깨닫자, 발가벗겨진 기분이 들었다.

서른일곱 살에 프로 복서라는, 황당하고 무모해 보이는 도전을 피할 수 없는 이유가 바로 여기에 있다. 실전은 링 위에서만 펼쳐지는 것이 아니다. 바로 우리네 삶이 실전 아니던가. 어쩌면 링 위의 싸움보다 우리네 일상적인 삶의 싸움이 더 실전에 가까운 것인지 모르겠다. 아니, 사실은 링의 싸움보다 삶의 싸움이 더 야박하다. 적어도 링 위에서의 싸움은 체중을 맞추고 보호 장비를 끼고 정해진 시간과 규칙하에 이뤄진다.

하지만 우리네 삶은 어떤가? 막무가내로 지시를 하는 사장, 폭언을 밥 먹는 듯 하는 상사, 진상을 부리는 고객, 온갖 범

법을 저지르고 유유히 빠져나가는 유명 인사들. 우리의 밥줄을 쥐고 있다는 이유로, 권력이 있다는 이유로, 돈이 많다는 이유로, 우리네 일상적인 삶을 유린한다. 최소한의 공정함도 없는 야박한 싸움에 우리는 매일 내몰리고 있다. 그러니, 링 위에서 싸울 수 없다면, 링 밖에서도 싸울 수 없다. 나는 그 사실을 정말 잘 알고 있다.

부모의 강압적 훈육에 할 말을 하지 못했다. 교수의 부당한 요구에 할 말을 하지 못했다. 직장 상사의 부당한 업무 지시에 할 말을 하지 못했다. 회사의 부당한 인사 조치에 아무 말을 하지 못했다. 아니, 그런 상황이 내게 일어날 때마다 몸이 굳어 버렸다. 그들이 두려웠기 때문이었다. 매번 링 밖에서 싸우지 못했던 나는 악착같이 프로 복서가 되고 싶다.

이제 야박한 실전에서 물러나는 삶을 살고 싶지 않다. 링에서든 삶에서든. 부당함과 부조리에 대해 당당하게 할 말은 하고 싶다. 그 때문에 싸워야 한다면 피하지 않고 싸우는 삶을 살고 싶다. 나는 그 싸움을 링 위에서 시작하고 싶었다. 실전은 야박하다. 그런데 삶이 바로 실전이다. 그 실전에서 이기지는 못하더라도, 비겁하고 창피하게 2분도 채 안 되어 헤드기어를 벗어 던지고 도망치는 삶만은 극복하고 싶다.

복싱, 잘 맞고 잘 때리면 된다
"잘 산다는 건, 신념과 유연함의 균형이다"

　　　　　　　　　　2분도 채우지 못했던 첫 번째 스파링에 가장 실망한 사람은 나였다. 나에게 너무나 실망했다. 그래서 '모든 것을 처음부터 다시 시작해야겠다.'고 마음먹었다. 어떤 일이든 결국 가장 중요한 것은 기본기라는 사실을 알고 있었기 때문이다. 다시 기본기에 집중하기로 했다. 평소 귀찮으면 건너뛰기도 했던 줄넘기부터 시작했다. 그리고 잽, 원투, 훅, 어퍼컷 같은 기본자세도 모두 다시 점검했다. 정확한 자세가 나올 때까지 반복하고 또 반복했다.

　　"형님 오늘은 저분이랑 메쓰(메서드 스파링, 약한 강도의 스파링) 한 번 하시죠?" 나를 한참 지켜보던 관장이 내게 던진 말이었다. 상대는 일반 회원이었다. 기분이 묘했다. 아직 프로 선수들과 강도 높은 스파링을 할 수준이 아니라고 판단한 것 같아 조금 기분이 상하기도 했고, 한편으로는 아직 부족한 선수를 배려해 주는 것 같아 조금 고맙기도 했다. 어찌 되었건 할 수 있는 건, 닥치는 대로 해야만 했기에 "네"라는 짧은 대답 후 링에 올랐다. 링에 오르면서 딱 하나만 생각했다. '연습했던 기본기를 정확하게 사용하자!'

"형님, 복싱은 잘 맞고, 잘 때리면 되는 거예요." 메서드 스파링을 끝내고 링에서 내려오는 내게 관장이 한 말이었다. 처음엔 무슨 소린가 했다. 의아한 표정을 짓는 내게 관장은 덧붙였다. "기본기에 충실하려고 하신 건 알겠어요. 그런데 그것 때문에 오히려 움직임이 예전만 못한 것 같아요." 그 이야기를 듣고 속으로 생각했다. '얘(관장)는 아직 어려서 기본기가 얼마나 중요한지 잘 모르는구나.' 그렇게 관장의 이야기를 대충 흘러버렸다. 다음 날, 코치가 내게 영상을 하나 보내 주었다. 전날 있었던 메서드 스파링 영상이었다.

영상을 보고 화들짝 놀랐다. 메서드 스파링 내내 몸은 경직되어 있었다. 마치 나무토막이 복싱을 하는 것 같았다. 그제야 어제 관장의 이야기가 납득이 되었다. 기본기에 충실하려고 했던 것이 화근이었다. 생각해 보면 당연했다. 상대의 움직임에 맞춰 적절하게 움직여야 하는 것이 복싱이다. 하지만 내 머릿속엔 오직 내 기본기에 관한 생각뿐이었다. 그러니 복싱을 처음 시작하는 몸치 회원들처럼 움직일 수밖에 없었다.

물 흐르듯 움직이려면 기본기부터

기본기는 중요하다. 두말할 나위가 없다. 하지만 그 기본기는 실전에서 적절히 활용하기 위해 필요하다. 실제 스파링이나 시합에서 기본기대로 정확한 자세를 구사할 수도 없고, 그럴 필요도 없다. 유능한 복서들은 실전에서 가끔 엉터리 같은 혹은 변칙적인 자세로 공격하고 방어한다. 그들이 그렇게하는 이유는 기본기를 모르거나 기본기에 충실하지 않아서가 아니다. 상대의 순간순간 움직임에 맞춰 상황마다 유연하게 대처하는 것이다. 그게 복싱이다.

"복싱은, 잘 맞고 잘 때리면 되는 거예요." 관장의 말이 이해되었다. '상대의 움직임에 따라 순간순간 변하는 상황에 유연하게 대처하라' 이것이 관장이 말하고 싶었던 거였다. 실전에서 기본기에 집착하면 결국 움직임이 경직되어 수시로 변하는 상황에 잘 대처하지 못하게 된다. 하지만 역설적이게도, 기본기는 변화무쌍한 상황에 유연하게 대처하기 위해 필요하다.

기본기 없는 유연함과 기본기를 익힌 유연함은 질적으로

다르다. 전자는 매번 두들겨 맞는 복싱을 하게 되는, 제멋대로인 유연함이다. 후자는 아름다운 복싱을 구사하게 하는 유연함이다. 기본기를 익힌 유연함은 상황에 따라 물 흐르듯이 움직임이지만 제멋대로인 움직임은 아니다. 그 자유로운 움직임은 반복으로 몸에 익힌 기본기에 기초 세워져 있기 때문이다. 이것이 기본기가 중요한 참 의미다.

홀륭한 복서는 기본기의 중요성을 놓치지 않으면서 실전의 유연함도 놓치지 않는다. 복싱 초심자에게는 좀처럼 쉽지 않은 일이다. 이처럼 혼란스럽고 불투명한 순간에는 본질로 되돌아가 보는 것이 지혜로운 방법이다. 본질, 복싱의 본질은 무엇일까? 단순하다. 상대의 공격을 잘 방어하고, 상대를 잘 공격하면 된다. 서로의 주먹이 쏟아지는 링 위에서는 이것저것 생각할 겨를이 없다. 단순해져야 한다. 특히나 나 같은 초심자에게는 말이다. '잘 맞고, 잘 때리는' 것만 생각하면 된다. 그렇게 하기 위해 링 아래에서 지겨운 기본기를 반복해야 한다. 이것이 곧 내가 할 일이기도 했다.

아는 것에 갇힌 사람들

나는 복서이기 이전에 철학을 공부하는 사람이고 글을 쓰는 사람이다. 그래서 공부 꽤나 했다고 자부하는 사람들을 만날 때가 있다. 박사 학위를 가진 사람들, 자신을 OO주의자라고 지칭하는 사람들, 자신을 OO전문가라고 지칭하는 사람들이 그런 부류다. 사기꾼 같은 몇몇을 제외하면 그들은 대부분은 자신의 분야에 대해서 정말 잘 알고 있다. 말하자면 자신의 분야에서 기본기가 탄탄한 사람들인 셈이다.

하지만 특정 분야에 대해서 많이 알고 있다고 해서 그가 삶을 잘살고 있다고 단정할 수는 없다. 삶은 수많은 타자가 빚어내는 변화무쌍한 상황이 난무하는 실전 아닌가. 많이 안다고 자부하는 사람들은 종종 그 아는 것에 갇혀 경직된 삶을 산다. 마치 내가 메서드 스파링에서 기본기에 충실하려다 움직임이 경직되었던 것처럼 말이다. 고백한다. 멀리 갈 것 없이 내가 바로 그런 부류였다.

삶의 기본기는 무엇일까? 한 사람의 생각과 행동이다. 무수히 반복된 생각과 행동은 한 사람 삶 자체의 기초를 세운다. 이것이 그 사람 삶의 기본기라고 할 수 있다. 이는 달리 말해, 한 사람의 삶의 기본기는 곧, 그가 '아는 것'인 셈이다. '아는 것'에 의해 생각하고 행동하는 일들이 매 순간 수도 없이 반복되니까.

나는 한동안 그 '아는 것'에 갇혀 나무토막처럼 뻣뻣하게 살았다. 철학을 좋아한다. 내가 '아는 것'들은 철학에서 나왔다.

그러니 내 삶의 기본기는 철학에서 나온 셈이다. 철학을 진지하게 공부하는 동안 하나 알게 된 것이 있다. 그것은 '개인의 주체적 결단보다 중요한 것은 없다'는 사실이다. 이 말이 어려울 건 없다. '개인의 주체적 결단'이란 어떤 상황에서도 자신이 판단하고 선택하고 또 그것을 삶으로 밀어붙여야 한다는 것이다.

사랑이 식어 버린 연인과 이별해야 하는, '개인의 주체적 결단'을 내리지 못하는 사람을 비판했다. 돈을 버는 것 외에 아무런 의미도 없는 직장을 그만두는, '개인의 주체적 결단'을 내리지 못하는 사람을 비판했다. 그들이 주체적 결단을 내리지 못하는 이유는 결국 비겁하기 때문이라고 확신했다. 사랑은 이미 식었지만, 오래된 연인의 익숙함은 버리고 싶지 않다는 비겁함. 아무 의미도 없는 직장이지만, 안정적인 삶은 버리고 싶지 않다는 비겁함. '개인의 주체적 결단'을 은폐하거나 보류하는 모든 이들을 통렬하게 비판했다.

어느 날 한 철학자와 짧은 논쟁이 있었다. "결국 주체적 결단을 내리지 못하는 건, 그들이 비겁하기 때문 아닌가요?" 내 질문에 철학자는 답했다. "어떻게 그렇게 단정할 수 있죠? 전 아니라고 봅니다." 그 철학자 역시 교묘한 논리로 비겁함을 합리화하려는 사람이라고 확신했다. 그리고 언성을 높이며 재차 물었다. "비겁하지 않은 자가 어떻게 주체적 결단을 내리지 않을 수 있죠?"

철학자는 차분한 목소리로 다시 답했다. "혹시 지적 장애인과 생활해 본 적 있나요? 그들은 어떤 주체적 결단을 내릴 수 있을까요? 그들이 주체적 결단을 내리지 못하는 건 비겁하기 때문일까요?" 순간, 멍해졌다. 망치로 뒤통수를 맞은 것 같았다. 대화에서는 '지적 장애인'이라고 구체적으로 말했지만, 비단 그들을 지칭하는 것만은 아닐 테다. 사람마다 벗어나기 힘든 지적, 심적, 물적인 한계가 저마다 다를 수밖에 없지 않은가. 젠장, 그리고 인정할 수밖에 없었다. 내가 아는 것들이 얼마나 협소했는지, 또 그 알량하게 아는 것들을 삶이라는 변화무쌍한 상황에 얼마나 폭력적으로 적용하려고 했는지.

링 위에서 기본기에 집착하느라 나무토막처럼 경직되었던 것처럼, 삶에서도 알량한 아는 것에 집착해 나무토막처럼 경직되어있던 셈이다. 링 위에서 경직되면 내가 얻어터지는 것으로 끝나지만, 삶 위에서 사유의 경직은 누군가에게 깊은 상처를 낸다. 링보다 삶이 더 야박한 실전인지도 모르겠다. 링에서보다 삶에서 더 유연해야 한다. 더 늦기 전에 한없이 경직된 자신을 깨닫게 되어 얼마나 다행인지 모른다.

잘 산다는 건, 신념과 유연함의 균형이다

메서드 스파링 그리고 철학자와의 논쟁에서 두 가지를 깨달았다. 첫째, 링이나 삶 모두 통제 불가능한 변화무쌍한 상황의 연속이라는 것. 둘째, 링과 삶에서 잘 대처하기 위해서는 유연해야 한다는 것. 기본기에 갇힐 때, 아는 것에 갇힐 때 우리네 삶은 경직될 수밖에 없다. 유연해야 한다. 물론 유연해야 한다는 말이 기본기도 전혀 없이 링 위에서 제멋대로 주먹을 휘둘러야 한다는 걸 의미하지는 않는다. 마찬가지로 삶에서 아는 것도 없이 그저 상황에 따라 휩쓸리며 살아야 한다는 걸 의미하지도 않는다.

아는 것, 진짜 아는 것은 신념이 된다. 신념은 중요하다. 이 신념이 바로 우리네 삶의 중심을 잡아 주는 까닭이다. 아는 것이 신념이 될 때, 자기중심을 갖고 세상을 바라보고 살 수 있다. 하지만 동시에 아는 것이 신념이 될 때, 경직될 준비가 된 것이기도 하다. 신념이 된, 아는 것은 절대 의심받지 않으며, 그것을 부정하거나 비판하는 사람은 무조건 적으로 간주할 개연성이 높아진다. 그렇게 살면 자신의 신념은 지킬 수 있을지 모르나 삶을 잘 살지는 못할 테다. 그런 삶은 기본기에 집착하느라 뻣뻣하게 복싱을 하는 사람과 다를 바 없다.

삶을 잘 살기 위해서는 결국 두 가지가 필요하다. 신념과 유연함. 이 둘 사이에 균형을 잘 잡는 것이 중요하다. 자기중심을 잡아줄 신념은 필요하다. 하지만 그것에 갇혀서는 안 된다. 수많은 타자와 다양한 조건이 얽히고설켜서 만들어내는 변화무쌍한 상황에 유연하게 대처해야 한다. 하지만 이것이 말처럼 쉽지가 않다. 우리는 너무 쉽게 신념으로 경직되고, 유연함으로 혼란함을 겪게 되니까 말이다. 어떻게 신념과 유연함 사이에서 균형을 잡을 수 있을까?

기본기를 잊을 때까지

그 답은 다시 기본기에서 찾아야 할 것 같다. 기본기가 최고 수준에 이를 때 신념과 유연함의 균형을 잡을 수 있다. 최고 수준에 이른 기본기는 어떤 상태일까? 역설적이게도 그것은 기본기를 잊은 상태다. 기본기가 완전히 체화되면 기본기를 잊게 된다. 복서들이 그토록 기본기에 집중해서 반복하는 이유는 그것을 몸에 각인 시켜 머릿속에는 잊기 위해서다. 겉으로 보기에는 물 흐르듯이 자유롭게 움직이지만 그 움직임은 이미 체화된 기본기의 연속이다. 자유롭게 움직이기 위해서는 기본기를 완전히 잊을 수 있어야 한다.

'질 들뢰즈'라는 철학자는 '반 고흐'나 '고갱' 같은 위대한 화가에 관해 이야기한 적이 있다. "그들(반 고흐, 고갱)에게 정말 깊은 감동을 받았네. (중략) 그 사람들은 다양한 색채를 사용해 그림을 그린 사람들 아닌가. 하지만 (중략) 그들 작품 초기에는 (중략) 마치 흙빛 같은 색깔을 많이 사용했다네. 왜 그랬을까? (중략) 그들은 색깔을 사용하는 일을 참았던 거네. (중략) 자신들이 아직은 색을 사용할 능력이 없다고 생각한 거야. 즉 진정한 미술을 할 수 없다고 생각해서 그런 거야. 색깔을 사용할 수 있기까지 수년의 시간이 필요했다네."(⟨질 들뢰즈의 A to Z⟩ 중)

고갱·고흐의 흙빛 스케치가 복싱의 기본기고, 그네들의 색깔이 복싱의 자유로운 움직임인 셈이다. 그 위대한 화가들이 색깔을 자유롭게 쓰며 물 흐르듯이 그림을 그릴 수 있는 것은 흙빛 스케치라는 기본기를 쌓아 올렸기 때문이다. 더 정확히는 수년간 반복된 흙빛 스케치가 완전히 체화되었을 때 그들은 물 흐르듯이 자유롭게 색깔을 사용해 그림을 그릴 수 있었던 것일 테다. 그때 그들은 기본기를 잊어버린 상태였을 게다. 그것은 체화되었으니까.

아는 것도 그렇다. 아는 것을 익히는 이유는 잊기 위해서다. 집중해서 반복하여 무엇인가를 알게 되면 그것은 온몸에 각인되어 머릿속에서는 잊힌다. 그때 아는 것들은 이미 잊혔기에, 달리 말해 신념은 삶이 되었기에, 비로소 변화무쌍한 상황이 보이기 시작한다. 그렇게 신념과 유연함의 균형을 찾게 된다. 그러니 경직되어 있다면 그것은 유연하지 못함을 문제 삼을 것이 아니라 아는 것을 문제 삼아야 한다. 삶에 각인될 정도로 충분히 알지 못했기에 상황은 보이지 않고 자신의 신념만 보이는 것이니까.

신념과 유연함의 균형을 잡는 방법론은 간단하다. 기본기를 잊을 때까지 훈련하고, 아는 것을 잊을 때까지 공부하는 것. 그렇게 기본기와 아는 것을 몸에만 남겨야 한다. 나는 아는 것을 잊을 때까지 반복해서 변화무쌍한 삶에서 유연하게 대처하고 싶다. 훌륭한 복서들이 지겹게 기본기를 반복해 변화무쌍한 상황이 난무하는 실전에서 유연하게 대처하는 것처럼.

링 밖의 체력 VS 링 위의 체력
"성숙은 불안정에 익숙해지는 것"

　복싱을 본격적으로 시작하기 전 헬스장에서의 체력을 관리한 것이 나름의 효과가 있었다. 줄넘기, 섀도복싱, 샌드백 치기 등 혼자서 훈련을 할 때 큰 체력적인 문제는 없었다. 문제는 링 위였다. 링 위에서 상대와 마주 서서 하는 훈련을 할 때면 어김없이 급격하게 체력이 바닥났다. 약한 강도로 타격하는 메서드 스파링을 할 때조차도 3분 2라운드만 하면 100m 전력 질주를 하기라도 한 것처럼 헉헉거렸다. 이유는 단순했다. 긴장 때문이었다. 복싱을 하면 할수록, 이 문제를 극복하지 않고서는 프로 시합은 어려울 것 같았다. 이 문제를 극복하기 위해 정말 별짓을 다했다.

가장 먼저 생각한 것은 '체력을 더 보강하자!'였다. 링 위에서 체력이 빨리 떨어지니 그걸 감안한 체력을 비축해 놓자는 심산이었다. 달리기, 줄넘기 등 한동안 기초 체력 운동만 했다. 결론은, 별 소용이 없었다. 체력은 좋아졌지만 링 위에 올라가면 급격하게 체력이 줄어드는 것은 마찬가지였다. 미리 물을 아무리 많이 채워 놓아도 깨진 독에서 물이 빠져나가는 것은 순식간이었다.

그다음에 생각한 것은, '명상을 하자!'였다. 곰곰이 생각해 보니, 긴장은 마음속에서 일어나는 일 아닌가? 결국 본질적인 문제는 마음과 관련되어 있다고 생각했다. 마음을 다스리면 된다는 결론에 도달했다. 하여, 명상을 통해 그 긴장을 풀어 보려고 했다. 밤마다 경건한 몸과 마음으로 명상을 하며 '긴장하지 말자, 긴장하지 말자'고 다짐했다. 하지만 이것도 헛짓이었다. 열심히 명상을 하면 뭐하나? 다음 날 링 위에 서면 마찬가지였다.

시행착오 끝에 나름의 해답에 도달했다. '그냥 계속하자!' 이는 사실 해답이라기보다 별다른 방법이 없어서였다. 긴장하면 긴장하는 대로, 헉헉거리면 헉헉거리는 대로 그냥 상대와 맞서서 치고받아 보자고 생각했다. 일부러 사람들이 많은 시간에 체육관에 갔다. 가능한 많이 링 위에서 상대와 치고받는 훈련을 하기 위해서였다. 이 방법은 성공적이었다.

긴장이 한 번에 완전히 사라지지는 않았지만 조금씩 줄어드는 것을 체감했다. 당연히 링 위의 체력 역시 조금씩 나아졌다. 메서드 스파링으로 3분 2라운드를 겨우 소화했던 내가 어느 순간, 일반 회원들과 3분 10라운드까지 거뜬히 소화했다. 링 위에서 상대와 마주 서서 하는 훈련에 나름 자신감을 갖게 되었다.

대학 선수부와 스파링

한동안 링 위에서 과도하게 체력이 소모되는 일은 없었다. 나름 복싱에, 아니 정확히는 상대와 마주 서서 치고받는 것에 익숙해졌다고 생각했다. 그러던 어느 날이었다. 얼굴은 앳되어 보였지만 딱 봐도 운동선수처럼 보이는 친구가 체육관으로 들어섰다. 관장이 중학교 때 지도했던 아이였다. 현재는 대학 복싱부 선수였다. 관장은 내게 그 대학생과 메서드 스파링을 한번 해 보라고 권했다. 이기고 지고를 떠나 이제 링 위에서 체력적으로는 문제없다고 확신했기에 흔쾌히 응했다.

나와 그 대학생은 링 위에 올랐다. 체중도 내가 많이 나가겠다, 이제 링 위에서 긴장하지도 않겠다, 내심 한번 해 볼 만하다고 생각했다. 그런데 이게 어찌 된 일인가? 상대의 리드미컬하고 빠른 움직임에 시작하자마자 당황했다. 그 순간, '퍽

픽' 메서드 스파링이라 강하지는 않았지만 정확하게 원투 펀치가 내 얼굴에 꽂혔다. 이대로 맞고만 있으면 안 된다는 생각에 바로 반격했다. 하지만 내 공격은 매번 비껴갔다.

'대학 선수부는 확실히 다르구나!'라는 생각이 들었다. 실력 차가 확실히 난다는 느낌이 드는 순간, 예전처럼 체력이 급속도로 빠지기 시작했다. 그도 그럴 것이 갑자기 긴장감이 몰려왔고, 그 때문에 몸에 힘이 잔뜩 들어갔기 때문이었다. 3라운드가 끝나고 나는 다시 헉헉거리며 주저앉고 말았다. 겨우 9분을 움직이고 탈진이 되었다.

그 대학생은 아직 몸도 안 풀렸다는 듯이 주저앉은 내 앞에서 섀도복싱을 계속하고 있었다. 나는 여전히 링 위에서 과도하게 긴장하는 문제를 해결하지 못했던 게다. 물론 차이는 있었다. 처음에 링 위에서 긴장했던 이유는 상대와 치고받아야 하는 상황 자체였다면, 이번에는 확실한 실력 차가 주는 긴장이었다. 어찌 되었거나 링 위의 긴장은 여전했다.

상대가 누구든 링 위가 익숙해지는 것이 중요하다

다행히 이번에는 링 위의 긴장을 극복하는 데 별 어려움이 없었다. 답을 이미 알고 있었기 때문이었다. 그냥 계속해 나가야만 했다. 선수부 복서나 혹은 나보다 잘하는 회원이 있을 때면 무작정 메서드 스파링을 요청했다. 그 과정을 통해 '아, 잘하는 친구들은 이렇게 움직이는구나!'라는 걸 알게 되었다.

그런 링 위의 경험이 쌓이다 보니, 어느 순간 실력 자가 나는 선수와 마주 서도 체력이 급격하게 바닥나는 일은 없어졌다. 그건 내가 복싱을 더 잘하게 되었기 때문이 아니라 링 위의 상황에 익숙해져서 과도하게 긴장하지 않게 되었기 때문이다. 물론 그 이후로도 수준 높은 복서들과 강도 높은 스파링을 할 때면 과도하게 긴장해서 급격히 체력이 빠지긴 했다. 하지만 크게 걱정하지 않았다. 그때그때 피하지 않고 계속해 나가다 보면 익숙해진다는 것을 알고 있었으니까.

링 위에서 긴장할 때는 처음 겪어 보는 상황에 직면할 때다. 태어나서 한 번도 누군가와 치고받아 본 적 없는 사람은 스파링 자체가 처음 겪어 보는 상황이다. 스파링에 익숙해진다고 해도 월등한 실력을 갖추고 있는 사람과의 스파링은 또 처음 겪어 보는 상황이다. 긴장하지 않으려면 이런 다양한 상황을 겪어 보는 것이 중요하다.

복싱을 잘하게 된다는 것은 어떤 것일까? 복싱을 잘하려면 과도하게 체력이 빠져나가서는 안 된다. 그런 측면에서 복싱을 잘한다는 건 처음 겪어 보는 상황에 익숙해진다는 것을 의미하는 것 같다. 링 위에서 처음 겪는 상황에 익숙해지면 최소한 긴장 때문에 발생하는 체력 소모로 헐떡거릴 일은 없을 테니까. 나 역시 그랬다. 처음 겪는, 그래서 긴장할 수밖에 없었던 상황에 익숙해지면서 복싱 실력도 조금씩 나아졌다.

일반 회원 중 실력이 좀처럼 늘지 않는다고 투정하는 사람이 종종 있다. 그 이유도 마찬가지다. 그들은 긴장을 피하려고 하기에 실력이 늘지 않는 것이다. 많은 회원이 메서드든, 스파링이든 처음 겪는 상황에 익숙해질 만큼 계속해 나가지 않는다. 그것이 어느 시점부터 실력이 정체되는 이유일 테다. 처음 겪는 상황을 회피하고서 긴장에서 벗어날 방법은 없다.

성숙은 불안정에 익숙해지는 것이다

'성숙해진다'는 것은 '불안정에 익숙해진다'를 의미한다. 신입사원 시절, 새로운 업무를 받을 때면 적잖이 당황하고 또 걱정했다. 그래서 불안했다. 그때 옆에 있던 선배는 어찌 그리 업무를 능숙하게 처리하는지. 부러웠다. 심지어 어떤 업무가 주어지더라도 당황이나 걱정은 고사하고 몇 번 본 영화를 보는 것처럼 지겨워했다. 그 모습에 그 선배가 존경스러워 보이기까지 했다. 새로운 업무 앞에 벌벌 떠는 직장인이 아니라 그 선배처럼 되고 싶었다.

좌충우돌했던 신입사원을 지나 7년 차 직장인이 되었을

때, 나는 당황하고 걱정하지 않았다. 불안하지도 않았다. 7년이라는 시간 동안 업무에 관한 수많은 경험과 노하우가 쌓였기 때문이었다. 익숙해졌던 게다. 성숙한, 적어도 업무에 관해서 만큼은 성숙한 직장인이 되었던 셈이다. 어느 날, 한 후배가 나처럼 업무를 능숙하게 처리하고 싶다고 한 이야기를 전해 들었을 때, 그 사실을 새삼 알게 되었다.

하지만 딱히 유쾌하지 않았다. 오히려 우울해졌다. 이제 직장에서 일어나는 일이 지겨울 정도로 익숙해졌다는 사실을 다시 한번 깨닫게 되었으니까. 사표를 던졌다. 그 뒤에 이어진 일들은 직장에서 새로운 업무를 하면서 느꼈던 불안과 걱정과는 차원이 다른 것이었다. 경제적 궁핍함, 소속감의 부재, 반백수를 쳐다보는 세상 사람들의 기묘한 시선까지. 사표 이후의 불안과 걱정은 상상 이상이었다. 처음 겪는 스파링이 육체적 에너지를 빨리 방전시킨다면, 삶에서 처음 겪는 상황에서 오는 두려움과 혼란스러움은 정신적 에너지를 빨리 방전시켰다.

'다시 직장으로 돌아갈까?'라는 생각을 수백 번도 더 했던 것 같다. 그때 복싱이 참 많은 도움이 되었다. 메서드 스파링을 2라운드도 채 하지 못했던 내가 지금은 10라운드도 곧 잘하게 되지 않나. 그냥 참고 계속해 나가다 보니 익숙해진 덕분이었다. 처음 겪는 일이 무엇이든 간에, 그 일을 계속해 나가면 되니까. 그렇게 그 일에 익숙해지면 된다. 처음 겪는 일을 맞이할 때, 불안, 두려움, 혼란스러움은 피할 수 없다. 하지만 그런 부정적인 감정들을 회피하지 않고, 처음 겪는 그 일이 익숙해질 때까지 견디면 된다. 어느새 불안, 두려움, 혼란스러움은 아래로 가라앉고 모든 것이 투명해진다. 한 인간이 성숙해진다는 건 그런 것일 테다.

나는 직장도 없고, 어디에도 소속되어 있지 않다. 하루하루가 매번 처음 겪는 일들의 연속이다. 그때마다 불안하고 두렵고 혼란스럽다. 체력도 정신력도 급격하게 빠져나가는 날이 하루이틀이 아니다. 처음 겪는 일들은 다양한 모습으로 또 내게 다가올 테다. 그때 나는 또 어김없이 두렵고, 불안하고 혼란스러울 테다. 그게 삶이니까. 하지만 그 두려움, 불안, 혼란스러움을 피해 도망 다니는 삶을 살고 싶지 않다. 그 불안과 두려움, 혼란스러움을 기꺼이 끌어안고 그것에 익숙해지는 삶을 살고 싶다. 조금씩 복싱에 익숙해졌듯이 삶에서도 그렇게 익숙해지고 싶다. 그렇게 매일 조금이라도 더 성숙한 사람이 되고 싶다.

섀도복싱은 실전에 도움이 될까?
"허영을 걷어낸 만큼 행복하다"

'섀도복싱 → 메서드 → 스파링 → 시합'
내가 다닌 체육관에서 권장하는 기량을 올리는 단계다. 아마
다른 복싱 체육관도 비슷할 테다. '섀도복싱'은 상대를 가정한
후 거울을 보고 혼자 하는 훈련이다. 기본적인 동작과 기술을
익힌다. '메서드'는 실제 상대와 치고받지만 서로의 약속하에
천천히 그리고 약한 강도로 진행하는 훈련이다. 섀도복싱을
통해 익힌 동작과 기술을 상대에게 사용해 보는 것이다. 메서
드가 익숙해지면 스파링을 한다. '스파링'은 보호 장구(일반적으
로 헤드기어와 14온스 글러브 착용)를 갖춘 상태에서 실제 시합처럼
치고받는 훈련이다. 그리고 '시합'은 실전이다. 헤드기어를 벗

고, 8온스(체중 70kg 이상은 10온스를 낀다) 끼고 죽기 살기로 싸우는 실전.

이건 나름 체계적인 훈련법이다. 단계를 순차적으로 따르지 않고 훈련하면 기량이 잘 향상되지 않는다. 예컨대 섀도복싱에서 바로 스파링으로 건너뛴다든지, 혹은 메서드에서 바로 스파링으로 건너뛸 때 그렇다. 거울을 보며 혼자서도 못했던 동작(섀도복싱)을 상대의 움직임에 맞춰 사용하는 일은 일어나지 않는다. 천천히, 약하게 치고받을 때(메서드)조차 사용하지 못했던 기술을 죽기 살기로 치고받는 긴박한 상황에서 능숙하게 사용하는 일도 거의 일어나지 않는다. 욕심내어 단계를 건너뛰려 했을 때 기량은 늘지 않는다. 뿐만 아니라 크고 작은 부상까지 발생하곤 한다.

결국 기량 향상은 '섀도복싱 → 메서드 → 스파링 → 시합' 사이클의 선순환을 통해 이뤄진다. 섀도복싱에서 동작과 기술을 익힌다. 그리고 메서드와 스파링을 통해 그 동작과 기술을 사용할 거리와 각도, 타이밍을 익힌다. 그리고 시합에 나선다. 여기서 끝이 아니다. 시합이 끝나고 알게 된 것들을 다시 섀도복싱을 통해 가다듬는다. 이 선순환으로 유능한 복서가 만들어진다. 선순환의 시작점인 섀도복싱은 두말할 필요 없이 매우 중요하다. 거울을 보며 혼자 자세나 연결 동작을 가다

듬는 섀도복싱 훈련 없이 기량이 향상되는 법은 없다.

"형님은 상대가 자꾸만 순간 이동을 해요"

섀도복싱의 중요성을 누구보다 잘 알고 있던 나였기에 훈련의 꽤 많은 시간을 섀도복싱에 할애했다. 여느 날과 다름없이 거울을 보며 열심히 섀도복싱을 하고 있었다. 관장은 일반 회원 지도를 잠시 멈추고 한동안 내 섀도복싱 훈련을 유심히 살펴보고 있었다. 3분 5라운드의 섀도복싱을 끝내고 링에서 내려왔다. 섀도복싱을 집중적으로 훈련하는 것에 칭찬해 주거나 아니면 잘못된 자세에 대해서 조언해 주리라 생각했다. 샌드백을 치기 위해 글러브를 끼고 있는 내게 관장은 이렇게 말했다.

"형님은 상대가 자꾸만 순간 이동을 해요." '뭔 소리야?' 속으로 생각했다. 뒤이어 관장은 덧붙였다. "형님은 섀도할 때 잘하다가 갑자기 방향을 크게 틀어 버려요. 그렇게 하려면 상대가 순간 이동을 해야 돼요." 망치로 머리를 한 대 맞은 것 같았다. 섀도복싱은 상대가 바로 눈앞에 있다고 생생하게 그리면서 해야 하는 훈련이다. 그 상상 속 상대의 움직임에 맞춰 나 역시 움직여야 한다. 생각해 보면 너무나 당연하다. 그렇게 훈련해야 메서드나 스파링 혹은 시합에서도 섀도, 그림자처럼 움직일 수 있게 되니까 말이다.

나는 그걸 하지 못했던 게다. 가상의 상대를 주시하기보다, '내 자세가 어떨까?' '내 움직임은 어떨까?'만 생각했던 게다. 조금 더 정직하게 말하면 '내 자세가 일반 회원들에게 어떻게 보일까?' '내 움직임이 관장에게는 어떻게 보일까?'에만 온통 신경을 쓰고 있었다. 정작 내 눈앞에서 나를 죽일 듯이 노려보고 있는 가상의 상대는 외면한 채 말이다. 그러니 관장의 눈에는 섀도복싱을 하는 내 상대가 순간 이동을 하는 것처럼 보였던 걸 테다. 당연한 일이었다. 내 눈앞에 상대는 애초에 없었으니까.

'어떻게 보일까?'가 아니라 '어떻게 할 것인가?'

섀도복싱의 핵심은 '어떻게 보일까?'가 아니라 '어떻게 할 것인가?'라는 질문에 있다. 섀도복싱을 잘하는 비결은 움직임 그 자체에 있지 않다. 실제로는 내 눈앞에 없지만, 마치 내 앞에 실재하는 것처럼 상상할 수 있는 이 능력이 있어야 섀도복싱을 진정으로 잘할 수 있다. '어떻게 보일까?'를 떨쳐내고 '어떻게 할 것인가?'에 오롯이 집중해야 한다. 비단 섀도복싱만 그럴까? 복싱 자체가 '어떻게 보일까?'가 아니라 '어떻게 할 것인가?'에 집중하지 않으면 안 되는 스포츠다.

복싱은 싸움에 가까운 스포츠다. 규칙이 있기는 하지만 마주 선 상대와 죽기 살기로 싸워야 한다. 복싱은 그런 절체절명인 순간의 연속이다. 시합은 물론이고 훈련도 그렇게 해야 한다. 그런 복싱에 '어떻게 보일까?'가 무슨 소용이 있단 말인가? 모든 세포를 동원해 온 감각을 깨워 '어떻게 할 것인가?'에 집중해야 한다. 그렇게 상대의 호흡, 작은 움직임에 민감하게 반응해야 한다. 그렇지 않으면 언제 상대의 주먹이 내 얼굴로 날아들지 알 수 없다. 섀도복싱을 하면서 내 상대가 순간 이동을 했던 건, 진짜 복싱이 어떤 건지 몰랐기 때문이었다.

언젠가부터 섀도복싱을 하면서 상대가 순간 이동하는 일은 없어졌다. 언제부터였을까? 그건 아마 몇 번의 스파링을 하면서 상대에게 신나게 얻어터져 보면서였다. 섀도복싱에서 '어떻게 보일까?'에 신경썼던 건, 진짜 복싱을 경험해 보지 못했기 때문이었다. 스파링을 하면서 '이대로 계속 맞다간 정말 큰일 나겠구나!'라는 느낌이 든 적이 몇 번 있었다. 그때 정신이 번쩍 들었다. 그런 절체절명의 순간에 '다른 사람들에게 어떻게 보일까?'는 하나도 중요하지 않다. 아니 그런 것은 신경쓸 겨를조차 없다. 일단 살아야 하니까.

절박했던 경험이 몇 번 쌓이고 난 뒤로는 섀도복싱을 할 때도 여유가 없어졌다. 섀도복싱을 할 때 그 절박한 경험들이 생각났기 때문이었다. '이럴 때는 상대가 이렇게 때리겠지? 내가 이렇게 공격하면 저렇게 피하겠지?'라는 생각 때문에 상대를 머릿속에 그리려고 하지 않아도 상대가 사라지지 않았다. 그 때부터 섀도복싱을 하면서 '어떻게 보일까?'를 생각하지 않게 되었다. '어떻게 할 것인가?'만 생각하기에도 정신이 없었기 때문이었다. 진짜 복싱은 절박한 것이고, 그 절박함 앞에 '어떻게 보일까?'라는 허영이 들어설 자리는 애초에 없다.

'행복-허영-자기 불신'은 한 세트다

허영이란 게 뭔가? 사전적 의미는 '필요 이상의 겉치레'다. 결국 허영이란 것은 '나는 어떤 사람인가?'라는 질문보다 '나는 어떻게 보일까?'라는 질문에 천착하는 사람들의 내면 상태다. 우리는 얼마나 많은 허영에 시달리면서 살고 있을까? 부모에게 사랑받기 위해, 이성에게 관심받기 위해, 직장에서 인정받기 위해, 친구에게 칭찬받기 위해, 우리는 얼마나 필요 이상의 겉치레를 하며 살아가고 있을까?

내가 섀도복싱을 잘못했던 이유도 결국은 허영 때문이다. 복싱을 잘하고 싶었던 것이 아니라 복싱을 잘하는 것처럼 보이고 싶었던 것이니까. 비단 나만 그런 건 아닌 것 같다. 외제차나 명품에 집착하는 사람들, 박사 학위에 집착하는 학생들,

금배지를 달기 위해 수단과 방법을 가리지 않는 정치꾼들. 그들은 행복하고 싶은 것이 아니라 행복한 것처럼 보이고 싶은 것이다. 허영이다. 그들은 모두 '나는 어떤 사람인기?'를 묻는 대신 '나는 어떻게 보일까?'에 천착하는 사람들이다.

'행복 - 허영 - 자기 불신'은 한 세트다. 인간은 자기 불신을 해소하기 전에 결코 행복할 수 없는 존재다. '내가 근사한 사람일 리 없어'라는 자기 불신이 사라지지 않는 한 행복은 없다. 문제는 이 자기 불신을 해소하기가 쉽지 않는다는 사실이다. '내가 근사한 사람일 리 없어'라는 자기 불신을 떨쳐내기 위해서 가장 먼저 해야 할 일은 분명하다. 비루했고 비겁했던 자신을 직시해야 한다. 하지만 그게 어디 쉽던가. 비루하고 비겁했던 '나'는 그저 외면하고 싶은 '나' 아니었던가. 인정하고 싶지 않은 자신의 어두운 면을 직면하는 것은 괴로운 일이다. 유약하고 영악한 것이 인간이라, 인간은 허영을 발명했다. 자기 불신이라는 근원적 문제를 은폐하고 회피하면서 행복하고자 필요 이상의 겉치레를 하게 된 것이다.

외제차, 명품 가방, 박사 학위, 금배지. 이런 것들을 얻게 되면 안목 없는 몇몇의 관심 · 인정 · 칭찬을 얻을 수 있다. 바로 그 헛된 관심 · 인정 · 칭찬으로 행복을 날조하려는 것. 그것이 바로 허영의 맨얼굴이다. 하지만 허영의 끝에 행복은 없다. 오히려 더 큰 자기 불신과 그로 인해 더 깊어진 불안만이 도사리고 있을 뿐이다. 매일 허영에 시달리는 삶은 참 서글픈 삶이다.

허영을 걷어낸 만큼 행복이다

행복에 절대적 기준이 있다고 생각하지 않는다. 차라리 '그래, 고된 세상살이 행복할 수만 있다면, 허영이라도 부려야지'라고 생각하는 편이다. 가죽 재킷, 오토바이, 외제차, 명품을 사서 행복 비슷한 감정이라도 느껴 보려는 발버둥을 누가 비난할 수 있을까? 박사 학위를 받고 금배지를 달아 조금이라도 더 자신을 긍정해 보려는 몸부림을 누가 비난할 수 있을까? 그런 발버둥과 몸부림마저 없다면, 그네들은 어찌 살아야 한단 말인가. 그들을 비난하는 대신 응원해 주고 싶기도 하다.

그럼에도 불구하고 복싱을 하면서 알게 된 것이 있다. 남보기에 화려한 섀도복싱으로 복싱을 잘하는 것처럼 보이는 것보다, 실제로 복싱을 잘하는 것이 훨씬 더 행복하다는 사실이다. 진짜 행복은 '나는 어떻게 보일까?'가 아니라 '나는 어떤 사람인가?'라는 질문을 부여잡고 있는 사람에게 주어지는 선물이다. 허영을 걷어낸 만큼 진짜 행복해질 수 있다. 이것이 내가 진지하게 복싱을 하면서 알게 된 삶의 진실이다.

그렇다면 허영을 어떻게 걷어낼 수 있을까? 실전을 통해서만 가능하다. 복싱에서 실전이 스파링이나 시합이라면, 삶에서 실전은 자신의 생각과 의지에 따른 선택과 실천이다. 자신은 용기 있고 도전 정신 넘치는 사람이라고 백날 이야기해 봐야 소용없다. 스파링이나 시합을 피하고 있다면 그가 말한 용기와 도전 정신은 허영이다. 입으로만 백날 사표를 쓰고 자신의 사업을 할 거라 외치는 월급쟁이의 용기와 도전 정신은 허영이다. 스파링과 시합이라는 실전이 주는 절박함을 경험하고 난 이후에도 허영에 가득 찬 섀도복싱을 할 수는 없다. 삶도 마찬가지다. 각자에게 주어진, 절실하고 절박한 선택과 그에 따른 실천 앞에서 허영은 더 이상 자리잡을 곳이 없다.

"프로(복서) 테스트만 가 보세요. 섀도는 다들 파퀴아오예요." 언젠가 관장이 했던 말이다. 농담처럼 건넨 이 이야기는 사실 무거운 이야기다. 얼마나 많은 복서가 허영에 가득 찬 자세로 복싱을 시작하는지 적나라하게 말해 주고 있기 때문이다. 복싱으로 삶을 돌아본다. 행복을 날조하고, 그 날조된 행복을 유지하기 위해 얼마나 많은 허영을 부리며 살아가고 있던가.

날조된 행복에서 벗어나고 싶다. 그것이 링에서도 삶에서도 더 이상 실전을 피하며 살고 싶지 않은 이유다. 때로 아프고 절망스러울지라도 내가 얼마나 허접한 인간인지 직면하며 살고 싶다. 그래서 끝내는 '나는 어떻게 보일까?'가 아니라 '나는 어떤 사람인가?'라는 질문에 명쾌하게 답할 수 있는 사람이 되고 싶다. 다른 누구도 아닌 바로 나의 진짜 행복을 위해서 말이다. 나는 복싱이 좋다. 복싱은 겹겹이 둘러싸고 있는 그 뿌리 깊은 허영을 단박에 걷어 주니까.

복싱과
연애 II

사랑하는 이와의 대화는 우리를 살아있게 한다. 아직도 기억난다. 취업이 되지 않아 가뜩이나 불안했던 시기였다. "취업은 어떻게 되었어?"로 시작된 가족, 친구, 선배들과 나눈 '일상의 대화'는 나를 더욱 불안하게 했다. 그러던 어느 날, 나를 무척이나 사랑해 주는 사람을 만났다. 그는 걱정과 불안 가득한 나의 이야기를 아무 말 없이 들어 주었다. 한참 이야기를 듣던 그는 안쓰러운 표정으로 말했다.

"카페모카 한 잔 마셔. 그거 좋아하잖아." 그 말이 뭐라고, 눈물이 나오려 했다. 그 짧은 말에 '나'라는 존재가 이해받았고, 위로받았다고 느꼈다. 감정이 북받쳐 올랐다. 그런데 같은 말을 '일상의 대화'를 나누는 사람에게 들었다면 어땠을까? 힘들어 죽겠다는데 카페모카를 마시라니, 분명 짜증나고 공허하고 답답했을 테다. 하지만 나는 사랑하는 이와의 대화를 통해 분명 치유되었다. 왜였을까?

'일상의 대화'가 언어로 점철되어 있다면, '사랑의 대화'는 비언어로 구성되기 때문이다. 더 정확히 말하자면, '사랑의 대화'는 언어 너머에 있는 까닭이다. 대화는 언어로만 하는 게 아니다. 우리의 영혼을 돌보는 진정한 대화는 더욱더 그렇다. 서로 애틋한 연인들의 대화를 생각해 보자. "영화 볼

까?" "아니, 좀 걷고 싶어" 이 대화는 언어의 기능적 의미만 담고 있을까? 그러니까 그가 말하고 싶은 것이 '영화 보고 싶지 않음' '걷고 싶음' 뿐일까? 아니다. 이 짧은 언어적 대화는 긴 비언어적 대화를 이미 내포하고 있다. 사랑하는 이의 표정, 호흡, 눈짓, 몸짓. 그리고 그 사람과 함께 나눈 손깍지, 포옹, 키스, 섹스. 언어 너머에 있는 이런 것들로 이미 긴 대화를 나누고 있다. 비언어적이기에 오직 둘만이 느낄 수 있는 대화. '사랑의 대화'가 우리의 존재를 위로하고 치유하는 이유는 분명하다. 다수에게 열려 있는 언어적 대화 너머, 비언어적 대화는 오직 두 사람에게만 열려 있기 때문이다.

비언어적 대화가 이뤄지는 공간, 체육관

이런 비언어적인 대화가 꼭 연인들 사이에서만 일어나는 것은 아니다. 놀랍게도, 가끔 체육관에서도 이런 대화가 일어난다. 간혹 근심, 걱정, 짜증, 불안 등과 같은 온갖 부정적 감정에 찌든 표정으로 체육관에 들어서는 이들이 있다. 이들은 말이 없다. 운동할 때도 그렇다. 하지만 운동을 끝내고 집으로 돌아갈 때는 전혀 다른 얼굴이다. 한결 밝아진 표정으로 체육관을 나선다. 말 없는 이들에게 무슨 일이 일어났던 걸까?

이런 극적인 변화를 '운동은 스트레스 해소에 도움이 된다.'라는 단순한 말로 다 설명할 수 없다. 다른 운동으로는 해소되지 않았던 감정들이 복싱으로 해소되었다는 이야기를 종종 듣기 때문이다. 그 차이를 알고 있다. 운동은 크게 두 가지로 나눌 수 있다. 혼자 하는 운동과 함께하는 운동. 혼자 하는 운동, 예컨대 수영, 조깅, 헬스 등은 타인과의 대화 자체가 불가능하다. 함께하는 운동 예컨대, 야구, 축구, 농구 등은 타인과의 대화가 가능하다. 가능할 뿐만 아니라 중요하다.

복싱은 함께하는 운동에 속한다. 그래서 타인과의 대화가 가능하다. 하지만 여타 함께하는 운동과 다른 지점이 있다. 여타 다른 함께하는 운동이 언어적 대화가 가능하다면, 복싱은 비언어적 대화가 가능하다. 글러브를 끼고 링에 올라가면 상대와 '말'을 하지 않는다. 하지만 상대와 수많은 대화를 나누게 된다. 조금 다른 결이기는 하지만, 사랑하는 이를 읽어내기 위해 오감을 곤두세워 비언어적 대화를 하려는 것처럼 링 위에서도 마찬가지다. 오감을 곤두세워 상대와 비언어적 대화를 하려고 애써야 한다.

왜 안 그럴까? 링 위는 언제 어디서 주먹이 날아올지 모르는 긴박한 상황의 연속 아닌가. 그러니 오감을 곤두세워 말 없는 상대를 읽어내려 애를 쓸 수밖에. 그런 절박한 노력은 서로의 몸과 몸이 부대낄 때 명료해진다. 그때 링 위에 마주 선 둘은 서로를 다 느낀다. 미묘한 표정, 호흡, 눈짓, 몸짓 변화에서 상대의 내면을 읽어낼 수 있다. 찰나의 순간에 집중이 흐트러진 것도, 안 아픈 척해도 방금 맞은 주먹이 꽤나 아프다는 것도, 오늘은 평소보다 컨디션이 안 좋다는 것도 다 느낄 수 있다. 이는 오직 둘만이 느낄 수 있는 밀도 높은 대화다. 어두운 표정으로 체육관으로 들어섰던 사람이 밝은 표정으로 체육관을 나설 수 있었던 것은 상대와 몸을 부대끼며 나눴던 비언어적 대화, 즉 몸의 대화 때문이기도 하다. 그런 밀도 높은 대화는 영혼을 치유하는 법이다.

비언어적 대화가 주는 기쁨이 있다. 언어적 대화가 난무하는 삶에 지쳐버린 이들에게 그 기쁨은 더욱 크게 다가온다. 이는 스파링이든 섹스든 같다. 좋은 파트너와 한바탕 치고받는 스파링을 끝내고 서로를 안아줄 때의 기쁨이 있다. 소중한 연인과 섹스가 끝나고 상대를 안아줄 때의 기쁨이 있다. 이 두 기쁨은 분명 결의 다름과 밀도의 차이가 있다. 하지만 두 기쁨은 근본적으로 같은 감정이다. 누군가와 비언어적으로 이야기를 나눴다는 것에 대한 기쁨 말이다. 비언어적 대화가 주는 존재론적 기쁨 말이다.

사랑이라는 어렵고 두려운 감정을 우회하고도, 복싱은 그런 비언어적 대화의 공간을 열어준다. 삶을 더 큰 기쁨으로 채워 주는 것은 복싱보다 사랑이다. 하지만 사랑이 어디 쉽던가. 사랑할 용기가 없다면, 복싱을 할 용기라도 내었으면 좋겠다. 그래서 누군가와 언어 너머로 이야기를 나누는 그 기쁨을 느껴볼 수 있다면 좋겠다. 그 기쁨으로 사랑할 용기까지 낼 수 있다면 얼마나 좋을까? 온몸으로 나누는 모든 대화는 존재 자체를 풍요롭게 하니까.

ROUND
03

새도
복싱

프로테스트, 망신 or 성취?
"성취의 기준은 자신이다"

복싱을 시작하면서 끝을 분명히 정했다. 프로 데뷔. 거기까지 가면 오랜 시간 나를 짓눌렀던 콤플렉스에서 벗어날 수 있으리라 생각했다. 생활 체육 복싱이 아니라 프로 복싱 시합을 하려면 일종의 자격증이 필요하다. 운전도 아무나 할 수 없듯이 프로 복싱 역시 아무나 할 수 없다. 무면허 운전만큼이나 무면허 프로 시합 역시 위험하다. 달랑 8온스짜리 글러브 하나 끼고 상대와 죽기 살기로 치고받는 일은 꽤나 위험하다.

프로 복서로 시합을 하기 위해서는 테스트를 통과해야 한다. 복싱하는 사람들은 '프로테스트'라고 부른다. 그 테스트에 합격한 사람들에게 협회에서 프로 복서 라이선스를 발급해 준다. 말하자면, 프로테스트는 내 꿈을 향한 첫 번째 관문인 셈이었다. 테스트는 간단하다. 체급에 맞는 상대와 2라운드 스파링을 하면 된다. 그 스파링을 협회 관계자들이 보고 테스트 당락을 가린다. 스파링을 통해 프로 시합을 할 수 있는 기본기, 자세, 태도를 판단한다.

프로테스트를 보기 위해 우선 체급을 맞춰야 했다. 당시 체중은 88kg 정도였다. 테스트를 보기 위해 78kg까지 맞춰야 했다. 보름 동안 10kg을 감량해야 했다. 나름 열심히 훈련했지만 '그래도 혹시나' 하는 마음에 관장에게 물었다. "테스트 보려면 특별히 준비해야 할 것이 있어요?" 관장은 "체중만 맞추면 별문제 없이 무난할 것 같아요."라고 답했다. 관장의 시큰둥한 반응에 더욱 자신감이 생겼다.

프로테스트 하던 날

프로테스트 준비 막바지에는 체중 조절 때문에 이틀 동안 물을 거의 마시지 못했다. 프로테스트 전날은 거의 잠을 이루지 못했다. 긴장 때문이 아니라 목이 말라서. 얼음을 입에 물고서야 간신히 잠들었다. 테스트 날이 되었다. 빨리 계체(체중을 재는 것)하고 물을 마시고 싶다는 생각밖에 없었다. 테스트 장소로 가는 길은 왜 그리 먼 건지. 겨우 도착해서 계체를 했다. 계체를 끝내자마자 마신 물은, 이제껏 먹었던 그 어떤 음식보다 맛있었다. 물 한 통을 벌컥거리고 난 후에야, 다른 예비 프로 복서들의 긴장한 표정이 눈에 들어왔다.

프로테스트 순서는 대체로 체급 순서로 진행된다. 가벼운 체급이 먼저하고 무거운 체급이 나중에 한다. 내 순서는 가장 마지막이었다. 느긋하게 가벼운 체급 선수들의 테스트를 지켜보고 있었다. 체급별로 무난하게 스파링이 끝나가고 있을 때였다. 72kg급 스파링에서 사달이 났다. 크게 휘두르는 펀치에 상대방의 카운터펀치가 그대로 안면에 꽂혔다. 맞은 쪽 선수는 링 줄에 걸려서 앉은 채로 실신을 해 버렸다. 지켜보던 사람들은 "어… 어… 어…"라고 더듬거리며 놀랐다.

다행히 기절한 선수는 곧 정신 차리고 깨어났지만 정작 내 정신이 혼미해지고 있었다. '헤드기어에 14온스 글러브를 끼고도 실신이 되는 구나!'라는 생각이 들었다. 그리고 '이게 프로 복싱이구나!' 하는 생각이 들었다. 프로 선수를 지망하는 친구들의 기세는 거칠었고, 공격은 매서웠다. 그때부터 긴장되고 두려워지기 시작했다. 이건 체육관에서 일반 회원들과 하는 스파링과는 차원이 다른 것이었다. '잘못하면 나도 실신할 수도 있겠구나!' 라는 생각이 점점 나를 죄여 들어왔다.

돌발변수, 100kg 선수와 대결

큰일 났다. 안 그래도 긴장이 밀려왔는데 더 큰 변수가 생겼다. 원래 91kg 이상 체급 두 선수가 스파링하기로 되어 있었는데, 그중 한 선수가 테스트에 불참한 것이 화근이었다. 100kg은 거뜬히 넘어 보이는 선수가 내 상대가 되었다. 가장 비슷한 체급이 나였기 때문이었다. 그때부터 긴장과 두려움은 급격히 더해졌다. 갑자기 몰아닥친 긴장과 두려움을 채 진정시키기도 전에 야속하게 스파링을 알리는 공이 울렸다.

링에서 마주 선 상대는 더욱 커 보였다. 솔직히 스파링이 어떻게 진행되었는지 기억이 잘 나지 않는다. 기억나는 건, 상대 펀치를 한 방 맞고 잠시 다리가 풀렸다는 것. 그리고 긴장하지 않은 척, 두렵지 않은 척하기 위해 쉬지 않고 풋워크를 했다는 것. 그 정도만 기억난다. 그렇게 정신없이 3분 2라운드의 프로테스트 스파링이 끝이 났다. 다행히 합격했다. 상대와 체급 차가 너무 많이 났던 것 때문이었는지 아니면 기본적인 자세나 움직임이 괜찮기 때문이었는지는 모르겠지만, 어쨌든 테스트는 합격했다.

링을 내려오면서 기분이 무척이나 좋았다. 뭐랄까, 도저히 풀지 못할 것 같은 숙제의 첫 문제를 푼 느낌이랄까? 긴장되고 두려워서 도망만 다녔던 일에 당당하게 맞서기 시작했다는 자기 긍정의 느낌이 좋았다. 게다가 합격까지 했으니 어찌 기분이 좋지 않을 수 있을까. 이 좋은 기분을 가장 나누고 싶었던 사람은 관장이었다. 의지가 되었고, 고마웠기 때문이었다. 그런데 정작 관장의 표정은 좋지가 않았다.

밝게 웃는 내가 머쓱해질 정도로 뭔가 불만스럽고 답답해하는 표정이었다. 이유를 짐작은 했다. 확인차 물었다. "관장님, 프로테스트 어땠어요?" 기다렸다는 듯이 관장은 답했다. "형님, 그렇게 하시면 안 돼요. 시합 시작도 하기 전에 겁먹고 뒤로 빼면 안 돼요. 그런 프로 복서가 어디 있어요. 크게 한방 걸린 것도 그러다 걸린 거잖아요. 체급 차이 많이 안 났으면 떨어졌을 거예요"

민망해졌다. 뭐랄까. 내 딴에는 잘 받은 점수라고 여기고 엄마에게 성적표를 보여 주었는데, 칭찬은커녕 "이걸 성적이라고 받아 온 거니?"라고 혼났을 때의 감정이었다. 그렇게나 민망했다. 언제나 그렇듯 민망함 뒤에 찾아오는 감정은 서운함이다. 서운했다. 내게는 프로테스트 자체가 큰 도전이었지만, 관장은 그것을 이해 못해 주는 것 같아서. 기쁨, 환희, 민망함, 창피함, 서운함 등의 감정이 순식간에 뒤섞였다.

나는 왜 남들이 시키는 대로 살아왔을까?

프로테스트 이후 혼란스러워졌다. 그날 프로테스트는 나에게 무엇과도 바꿀 수 없는 큰 성취였다. 스스로 규정하고 있었던 한계를 넘어서는 계기였기 때문이었다. 하지만 관장에게 나의 프로테스트는 일종의 망신이었던 것 같다. 이해도 된다. 자신의 체육관 이름을 걸고 나간 선수가 시작도 하기 전에 겁을 집어먹고 형편없는 스파링을 했으니 그럴 법도 했다. 그래서 혼란스러웠다. 나의 도전은 자랑스러운 성취였을까? 아니면 쪽팔린 망신이었을까? 프로테스트는 합격했지만, 마음은 더욱 혼란스러워져만 갔다.

그 혼란스러움은 전혀 엉뚱한 질문을 불러일으켰다. '나는 왜 그 긴 시간 동안 남들이 시키는 대로 살아왔을까?' 부끄럽지만, 그게 서른 즈음까지의 내 삶이었다. 나는 왜 그렇게 살았던 걸까? 단 한 번도 내 삶을 오롯이 나의 시선으로 본 적이 없어서였다. 항상 타인의 시선으로 내 삶을 예단했다. 그건 너무도 오래된 습관이었다. 돌아보면 나는 좋아하고 잘하는 것이 많았다. 친구들과 수다 떠는 것을 좋아했고, 만화와 영화도 참 좋아했다. 진지하고 속 깊은 이야기를 잘했고, 친구들의 가슴 아팠던 이야기를 참 잘 들어 주었다.

그때 나는 잠시지만 분명 스스로가 대견했다. 좋아하는 것도 잘하는 것도 참 많은 아이라고 스스로 생각했었다. 하지만 부모, 선생, 세상은 내게 말했다. "그런 게 돈이 되니, 밥이 되니. 넌 왜 매일 쓸데없는 짓만 하고 있어." 잠시 느낀 스스로에 대한 대견함은 이내 창피함이 되어 버렸다. 세상 사람들이 그들의 잣대로 내가 좋아하고 잘하는 것들을 폭력적으로 예단해버렸기 때문이었다. 어린 시절, 그 폭력적 예단으로 인해 느꼈던 민망함과 서운함은 프로테스트에서 느꼈던 감정과 같은 것이었다.

성취의 기준은 자신이다

나는 이제 내 삶을 살고 싶다. 어찌해야 그렇게 살 수 있는지 알겠다. 누구나 살면서 크고 작은 성취를 이루며 산다. 성취라는 것을 돈을 많이 벌고, 유명해지는 것과 같은 세속적인 성공으로 정의하지 않는다면 말이다. 누구보다 꽃을 잘 알고 있는 것, 마음의 상처를 치유할 수 있는 음악을 많이 알고 있는 것, 세상을 명료하게 볼 수 있는 철학을 알고 있는 것, 이 모든 것들은 성취다. 이는 세속적 성공보다 결코 덜 중요하지 않은 훌륭한 성취들이다.

하지만 어느 순간 이런 의미 있는 성취들을 부정하고 깎아내리게 된다. 누군가 그 소중한 성취를 망신이라고 규정하기 때문이다. 이를 받아들이는 순간이 바로 남들이 원하는 인생을 살게 되는 순간이다. 성취를 판단하는 사람은 바로 자신이 되어야 한다. 누가 뭐래도 자신의 성취에 대해서 의심해서는 안 된다. 그걸 의심하는 순간, 삶의 주인 자리를 타인에게 내주게 되기 때문이다. 그보다 더 불행한 삶은 없다.

누군가 보기에 나의 프로테스트는 형편없는 것이었을 수 있다. 하지만 내게 그것은 망신이 아니다. 전혀 창피하지 않다. 누가 뭐래도 나는 내 성취가 대견하고 자랑스럽다. 정말이다. 억지스러운 자기합리화가 아니다. '이건 내가 할 수 없는 일이야!'라고 오랜 시간 스스로 규정한 한계에 과감하게 한 발 내디뎠다. 예전의 나였으면 결코 하지 못했을 도전에 나를 내던졌다. 누가 뭐래도, 그건 기뻐하고 자랑스러워해야 할 소중한 성취다.

더 이상 나의 성취를 타인의 시선에 맡겨 두지 않을 테다. 더 이상 타인의 시선에 휘둘리지 않을 테다. 오직 나로서 좋아하고 잘하는 것, 그래서 오직 나니까 할 수 있는 일들을 긍정하며 살고 싶다. 세상 사람들이 뭐라고 해도 나는 그렇게 살고 싶다. 더 이상 세상 사람들이 시키는 삶은 결코 살고 싶지 않다. 앞으로 다가올 수많은 성취와 망신을 나의 시선으로 받아들이며 살 테다. 그렇게 나는 내 삶의 주인이 되고 싶다.

관장에게 주제넘는 말을 했던 이유
"진짜 어른이 된다는 건,
스스로 아이가 된다는 것"

　　　　　　　프로테스트 이후 관장에 대한 서운한
마음은 없어지지 않았다. 내게는 어려운 도전이었을 프로테
스트 결과에 대해 야박하게 평했던 것이 못내 서운했다. 하지
만 '그럴 수 있다'고 생각했다. 어느 지도자가 선수에 대해 욕
심이 없을까? 자신이 지도한 제자가 남들 보기에 훌륭한 기량
을 뽐내기를 바라지 않은 지도자는 없다. 지도자의 기대와 선
수의 기량, 그 불일치에서 오는 답답함이나 짜증스러움을 이
해 못 할 바도 없었다.

　　하지만 어디 머리와 감정이 같이 가던가. 이해는 머리로 하
는 것이지만, 감정은 마음에 담겨 있다. 마음에 담겨 있던 서

운한 감정이 결국 터져 나오고 말았다. 밤 10시 즈음 운동을 끝내고 체육관을 나왔다. 체육관 앞 곱창집에서 관장은 지인들과 술을 한잔하고 있었다. 공교롭게도 관장의 지인들은 나와도 친분이 있는 사람들이었다. 그들은 집으로 돌아가려던 나를 붙잡았다. "형님, 같이 한잔하고 가세요."

'눌러둔 감정은 반드시 터져 나온다'는 어느 철학자의 말은 옳았다. 소주 한 잔씩 속으로 털어 넣으면서 이런저런 이야기가 오갔다. 물론 관장과의 술자리였으니 복싱과 체육관에 관한 이야기가 주를 이루었다. 술기운 때문이었을까? 서운함 때문이었을까? 관장에게 주제넘는 이야기를 해 버리고 말았다. "관장님은 나이에 비해 올드하게 체육관을 운영하는 거 아니에요?" "돈 되는 일반 회원만 관리하고 프로 선수 발굴이나 육성에는 소홀한 거 아니에요?" 관장에게 조언하는 체 하면서 관장을 비난하고 힐난했다.

다음 날 아침, 불쾌한 기분은 이루 말할 수 없었다. 그 불쾌감은 다른 누구도 아닌 스스로에 대한 실망감에서 비롯되었다. 어젯밤에 관장에게 했던 이야기들은 분명 주제넘는 짓이었다. 아니 주제넘는 짓이기 이전에 그건 유치하고 비열한 행동이었다. 기분 나쁜 것에 관해 이야기했다면 이토록 스스로에 대해 실망하지는 않았을 테다. 평소 관장이 고민하고 아파

하는 부분을 들춰내 생채기를 냈다. 내가 받은 민망함과 서운함을 그렇게 돌려주고 싶었던 거였다. 이 얼마나 비열하고 또 비루한가.

복싱을 시작하면서 나는 애가 되었다

서른일곱 살. 많은 일을 겪으면서 나름 성숙한 인간이 되었다고 믿었다. 누구를 만나도 떳떳했으며, 스스로 창피하다고 여길만한 일은 거의 없었다. 그래서 그날 밤 관장에게 했던 주제넘는 이야기들이 더욱 나를 불편하게 했다. 그보다 더 유치하고, 그보다 더 비열할 수 있을까? 마치 어린아이들이 기분이 나쁠 때, 집요하게 친구의 약점을 놀리는 행동이었다. 내가 바로 그런 유치한 아이가 되어 버린 거였다. 그래서 스스로 창피했고 또 관장에게 미안했다.

도대체 왜 그랬던 걸까? 이 사건의 발단은 프로테스트 장소에서 느꼈던 민망함, 서운함이었다. 그리고 그 원인은 관장의 야박한 평가라고 믿었다. 그런데 아니었다. 곰곰이 생각해 보니 체육관에서 스파링을 할 때도 종종 관장은 야박하게 평가했다. 내 딴에는 최선을 다한다고 했는데 관장은 마뜩잖아 했던 적이 많았다. 그때 나는 문제점을 빨리 보완해야겠다고 생각했지, 민망함이나 서운함을 느끼지 않았다.

아, 알겠다. 프로테스트 날에 왜 그렇게 민망해 하고 서운해 했는지. 처음 겪어 보는 낯선 환경에 긴장하고 당황했기 때문이었다. 익숙한 체육관이라는 공간을 떠나 낯선 장소에서 낯선 사람들과 부대끼며 프로테스트를 준비해야 하는 상황 때문이었다. 생에 처음 겪는 그 상황 때문이었다. 아들이 생각났다. 자기 세상인 것처럼 뛰노는 집에서는 이런저런 꾸중에도 웃으며 넘기는 아들이, 처음으로 할머니 집에 갔을 때 작은 핀잔에도 쭈뼛거리며 눈물을 터뜨려 버렸다. 아들의 그 모습이 생각났다. 바로 내가 그 아이의 마음이었기 때문이다.

뭐든 처음 시작하면 아이가 된다

뭐든 처음 시작하면 물리적 나이와 관계없이 아이가 된다. 돌아보면 그렇다. 나는 글쟁이다. 이제껏 쓴 책은 10권이 넘는다. 그사이에 얼마나 많은 평가에 시달렸던가. 야박한 평가는 물론이고 근거 없는 비난과 인신공격까지. 그런 평가 때문에 잠까지 설쳤던 날이 하루 이틀이 아니었다.

그런데 지금은 그렇지 않다. 근거 없는 비난과 인신공격이 그다지 신경 쓰이지 않는다. 처음부터 그랬을까? 아니다. 첫 책을 내고 그 평가에 대한 글을 모조리 찾아 읽었다. 그리고 근거 없는 비난과 인신공격에 일일이 다 댓글을 달고 나 자신을 변호하려 애를 썼다. 첫 책을 냈을 때 나는 아이였기 때문이다. 처음 겪는 일에 어찌해야 할지 모르는 유약한 아이.

신입생 시절도, 첫사랑도, 첫 해외여행도, 신입사원 시절도, 신혼 시절도 돌아보면 다 마찬가지였다. 태어나서 처음으로 겪는 일 앞에서 나는 여지없이 아이가 되었다. 그로 인해 필요 이상의 상처를 입기도 했고, 또 그 때문에 누군가에게 필요 이상의 상처를 주기도 했다. 유약한 아이는 미성숙하기에 과도하게 상처받고, 그 과도한 상처로부터 자신을 지키고자 과도하게 누군가에게 상처를 줄 수밖에 없다.

왜 사람들은 새로운 일을 시작하는 걸 주저할까?

'왜 사람들은 새로운 일을 시작하는 걸 주저할까?' 늦은 나이에 복싱을 시작하면서 이 질문에 답할 수 있게 되었다. 상처받고 싶지 않아서다. 새로운 일을 시작한다는 건, 스스로 아이가 된다는 것을 의미한다. 아이는 상처를 피할 수 없다. 세상 모든 일이 새로운 일이니까. 온통 낯선 장소, 낯선 사람들뿐이다. 그러니 상처받을 수밖에. 어린아이가 작은 핀잔에 갑자기 눈물을 터뜨리는 이유도, 어른들은 이해할 수 없는 어깃장을 놓는 이유도 같다. 낯선 장소와 낯선 사람들이 두렵기 때문이다.

물리적 어른이 되면, 아이와 달라지는 점이 있다. 그건 일정 정도 자신만의 세상을 만들고 외부와 담을 쌓을 수 있다는 것이다. 새로운 연애를 시작하지 못하는 사람이 있다. 상처받고 싶지 않아서다. 낯선 사람을 만나 겪게 될 상처를 미리 피하고 싶은 것이다. 새로운 직업을 시작하지 못하는 사람이 있다. 상처받고 싶지 않아서다. 낯선 상황을 만나 겪게 될 상처를 미리 피하고 싶은 것이다. 그들은 가능하다면, 언제까지나 익숙한 그래서 언제나 어른인 체 할 수 있는 자신만의 성에 머무르고 싶은 것이다.

하긴 세상에 상처받으며 살고 싶은 사람이 어디 있을까? 우리가 그토록 어른이 되고 싶었던 이유는 무엇이었을까? 어른들은 세상 모든 것에 익숙해져서 상처 따위는 받지 않을 것이라고 믿었기 때문이다. 그런데 물리적 어른이 되어 자신만의 성을 쌓을 수 있게 되면 정말 상처받지 않고 살 수 있을까? 다시는 이곳저곳에서 상처받는 아이처럼 살지 않을 수 있을까? 첫사랑에서 상처를 받은 후 이제 다시는 연애 따위는 하지 않으리라 마음먹은 사람은 정말 상처받지 않는 어른으로 살 수 있을까? 이직으로 상처를 받은 후 이제 절대 직장을 떠나지 않으리라 마음먹은 사람은 이제 정말 상처받지 않는 어른으로 살 수 있을까?

그런 일은 일어나지 않는다. 삶은 그렇게 호락호락하지 않다. 물리적 어른이 되어 쌓았던 성은 언제라도 무너질 수 있다. 아니 무너진다. 어느 날 한눈에 반할만한 매력적인 사람을 만날 수도 있고, 혼자 있는 외로움을 더 이상 견디지 못하게 될 수도 있다. 어느 날 너무 해 보고 싶은 일을 만나게 될 수도 있고, 의미 없고 바쁜 직장 때문에 우울증에 시달릴 수도 있다. 그때 견고하다 믿었던, 자신을 상처로부터 보호해줄 거라 믿었던 그 성은 순식간에 무너져 내린다. 원하든 원하지 않든 우리는 성 밖으로 나서야 할 때가 온다. 그리고 그때 우리는 여지없이 모든 것이 낯설고 두려운 어린아이가 된다.

진짜 어른이 된다는 건, 스스로 아이가 된다는 것

서른이라고, 마흔이라고, 아니 일흔이라고 어른인 것은 아니다. 그저 세월이 지나 나이를 먹는다고 상처 앞에 의연하고 강건한 어른이 되는 것이 아니다. 자발적으로 아이가 되는 경험이 충분히 쌓일 때 의연하고 강건한 진짜 어른이 되는 것 아닐까. 몇 살이든, 새로운 일을 시작해야 한다. 나이 먹은 어른이지만, 여지없이 아이가 되는 선택을 해야 한다. 쉽진 않은 일이다. 이제 어디 가서 대접받아야 할 나이라고 여길 때, 낯선 상황으로 들어가고 싶지 않다. 다시 아이처럼 주눅 들고 불안하고 겁이 나서 주변을 두리번거려야 하는 느낌이 한없이 불편하기 때문이다. 마흔을 앞두고 복싱을 시작했기에, 그 과정에서 정말 유치한 아이가 되어 보았기에, 그 불편함을 잘 안다. 하지만 바로 그 과정을 통해 나는 조금 더 어른스러운 존재가 될 수 있다는 것도 알았다.

알고 있다. 또 새로운 일을 시작하면 관장에게 했던 것 같은 낯 뜨거운 실수를 연발하는 상처를 피할 수 없다는 걸. 하지만 새로운 일을 시작하면서 아이가 되는 걸 마다하고 싶지 않다. 아이를 통과하지 않고 어른이 될 수는 없는 법이다. 다시 아이로 되돌아가 진짜 어른이 되고 싶다. 불안정한 그래서 통제도 예측도 불가능한 삶을 씩씩하게 살아내고 싶다. 그런 근사한 진짜 어른이 되고 싶다. 그래서 다가오는 새로운 일 앞에서 뒷걸음질 치지 않을 테다. 용기를 내어 새로운 일에 나를 던지고 싶다. 천진난만한 아이의 행복한 표정으로.

그로기에서 벗어나는 법
"피한다고 해결되는 일은 없다"

링에서 상대와 마주 서는 것도, 강도 높은 스파링에도 어느 정도 익숙해져 갈 즈음이었다. 다른 체육관 선수와 스파링을 했다. 낯선 환경에서 낯선 선수와의 스파링에 조금 긴장되긴 했지만 나름 적응되었다. 경직되지 않고 리드미컬하게 움직일 수 있었고, 상대 주먹을 끝까지 지켜볼 수도 있었다. 상대의 움직임을 보고 공격할 기회도 포착할 수 있었다. 3라운드가 끝나갈 때 즈음이었다. 상대가 지친 듯 숨을 헐떡거렸다. 기회다 싶어 펀치를 내기 위해 거리를 좁혔다.

바로 그때였다. 쾅! 상대는 기다렸다는 듯이 펀치를 냈다. 카운터펀치(Counterpunch)였다. 상대가 앞으로 들어오는 타이밍에 맞춰 펀치를 내는 걸 카운터펀치라고 한다. 이 카운터펀치는 일반적인 펀치보다 충격이 훨씬 크다. 그도 그럴 것이 내가 들어가는 힘에 상대 펀치의 힘까지 더해진 충격을 받기 때문이다. 다행히 쓰러질 정도는 아니었지만 순간, 별이 번쩍했다. 통증보다 당황스러움과 긴장감이 몰려왔다. 뭐가 어떻게 되었는지 모르겠지만 하여튼 몇 대를 더 얻어맞은 후 다행스럽게 공이 울려 3라운드가 끝이 났다.

물러서면 더 맞는다

"형님, 하나 걸렸다고 뒷걸음질 치면 안 돼요! 그러니까 상대가 더 때리기 쉬운 거리가 되잖아요." 코너로 돌아와 숨을 헐떡거리고 있는 내게 관장이 해 준 조언이었다. 순간 짜증이 확 났다. 관장의 잔소리 때문이 아니었다. 스파링을 몇 번이나 했는데 아직도 링에만 올라서면 잔뜩 겁나 있는 내 모습 때문이었다. 쉬는 시간이 끝날 무렵 혼잣말로 되뇌었다. "이기지는 못해도 이제 쪽팔리게 뒷걸음질은 안 친다!" 호기롭게 마지막 4라운드를 시작했다.

서로 잽(Jab, 앞 손으로 가볍게 던지는 펀치)을 던지며 거리를 재고 있을 때였다. 갑자기 상대가 펀치를 내며 밀고 들어왔다. 상대는 기회를 잡은 듯 수도 없이 주먹을 내며 나를 몰아쳤다.

다짐했던 것이 효과가 있었나 보다. 긴장되고 겁은 났지만, 턱을 당기고 가드를 바짝 붙인 채 상대에게 돌진했다. 놀랍게도 상대의 주먹 횟수는 줄어들었고, 가드 사이로 보인 상대는 지쳐 거칠게 숨을 몰아쉬고 있었다. 상대는 뒤로 물러섰고 폭풍 같았던 상대 공격은 멈춰 버렸다.

녹화된 스파링 영상을 돌려 보았다. 첫 번째 별이 번쩍했던 펀치를 맞고 나서 꼴사납게 엉덩이를 뒤로 빼며 뒷걸음질 치고 있었다. 그게 화근이었다. 내가 뒤로 빼느라 상대와 벌어진 거리는 상대가 후속타를 더 때리기 딱 좋은 거리였다. '뒤로 빼면 더 얻어터진다!'는 말이 무슨 말인지 정확히 이해되었다. 4라운드, 상대가 몰아칠 때 두 눈을 질끈 감고 쏟아지는 주먹 안으로 걸어 들어갔을 때, 왜 상대의 공격이 멈췄는지도 알게 되었다. 상대 안쪽으로 파고들면서 거리가 좁혀져 더 이상 때릴 수 있는 거리가 아니었기 때문이었다.

그로기에서 벗어나는 법

상대가 공격을 몰아칠 때, 순간 정신을 잃는 것을 '그로기(Groggy)'라고 한다. 프로 복서가 되기 위해서는 크고 작은 그로기 상태를 잘 다룰 수 있어야 한다. 얻어터지는 스파링을 하면서 그로기에서 어떻게 벗어날 수 있는지 나름 터득했다. 상대가 몰아칠 때 뒤로 물러서면 안 된다. 일단 물러서면 안전해질 것 같지만 그것만큼 위험한 게 없다. 물러서면서 상대가 더 때리기 좋은 거리를 고스란히 내주게 된다. 그보다 심각한 건 물러서면 상대의 기세는 더 올라간다는 사실이다.

그로기에 빠졌다면, 해야 할 건 두 가지다. 첫째, 가드를 바짝 올릴 것. 둘째, 긴장되고 두렵더라도 상대 공격 안으로 파고들 것. 이 두 가지를 실천할 수 있다면 그로기에서 벗어날 수 있다. 상대가 계속 때릴 수 있는 거리를 없애고, 기세가 더 오르는 걸 막을 수 있기 때문이다. 그러다 보면 어느 순간 상대의 공격은 잦아든다. 심지어 혼자 가드 위를 두들기느라 지쳐서 숨을 헐떡거리는 상대를 발견할 수 있게 된다.

소극적인 수비는 상대의 기세를 올려 주지만 적극적인 수비는 상대의 기세를 꺾는다. 그때가 되면 자연스럽게 알게 된다. 이제 내가 공격할 차례라는 걸. 위기 뒤에는 반드시 기회가 오기 마련이다. 초심자들이 그로기에서 좌초해 버리는 이유는 뒤로 물러서면 안전해질 거라는 본능적 믿음 때문이다. 하지만 역설적이게도, 그로기라는 위기 상황은 뒤로 물러서는 것이 아니라 과감하게 앞으로 돌진해야 벗어날 수 있다.

삶이 우리를 몰아칠 때

내겐 오래된 습관이 있다. 위기의 순간에 뒤로 물러서려는 습관. 일단 물러서면 안전해질 것 같아 생긴 습관이었다. 하지만 현실은 다르다. 오히려 정반대다. 링 위에서 뒤로 물러서면 상대가 더 거세게 공격하듯이 삶도 마찬가지다. 위기의 순간에 물러서면 삶은 우리를 더욱 거세게 몰아친다. 글을 쓰고 사람들을 만나며 이것이 비단 나만의 문제가 아님을 깨달았다.

술만 마시면 폭언과 손찌검을 하는 남편과 사는 아내를 알고 있다. 그녀는 남편이 술을 마시고 온 날이면, 남편의 비위를 거스르지 않으려고 무던히 노력한다. 남편이 화를 낼 것 같으면 미리 무조건 잘못했다고 빈다. 위기의 순간을 모면하기 위해서일 게다. 예전 직장 동료 중 '욕받이'라는 별명 가진 이가 있었다. 상사들이 수시로 그를 불러 온갖 욕을 하며 스트레스를 해소했기 때문에 붙여진 별명이었다. 그는 왜 '욕받이'가 된 걸까? 그 아내와 같은 이유일 게다.

'욕받이'와 그 아내는 긴 시간 위기의 순간에서 물러서며 살아왔다. 그렇게 살아왔던 대로 살면 상황이 호전될까? 아닐 테다. '욕받이'의 상사들도, 그녀의 남편도 결코 버릇을 고치지 못할 테다. 아니, 날이 갈수록 상사와 남편의 야만적 행태는 더욱 심해질지도 모르겠다. 위기의 순간에 물러서면 안전할 것 같지만, 위기의 순간에 물러서기 시작하면 결국 더 크고 심각한 위기를 자초하게 된다.

백척간두진일보 시방세계현전신

복싱을 하면서 분명히 알게 된 것이 있다. 반복되는 위기에서 결코 물러나서는 안 된다는 것. 물론 모든 위기를 그렇게 대처할 필요는 없다. 위기에는 두 가지가 있다. 하나는 인생에 한두 번 정도 겪게 되는 위기. 또 하나는 반복적으로 겪게 되는 위기. 전자의 위기는 강도를 만나거나 교통사고를 당하거나 자연재해를 입는 것 같은 일이다. 이런 위기에는 가급적 물러서는 것이 좋다. 그건 어찌할 수 없는 불행한 우연이다. 그 위기에 맞서려고 하면 삶이 불행해진다. 우연을 통제할 수 있는 인간은 없으니까.

하지만 인생에서 반복되는 위기에는 물러서면 안 된다. 돈이 없을 때 느끼는 위기, 집단에서 소외당할 때 느끼는 위기, 사람들에게 근거 없는 비난을 받을 때 느끼는 위기. 그 반복되는 위기는 여지없이 우리를 삶의 '그로기'로 내몬다. 그 그로기를 세상 사람들은 '자괴감'이라고 부른다. 자괴감이 찾아왔을 때 계속 물러서기만 해서는 안 된다. 가드를 바짝 붙이고 쏟아지는 공격 안쪽으로 파고들어야 한다. 두렵고 불안하겠지만 해야 한다. 한 번의 담대함이면 된다. 폭언과 손찌검을 일삼는 남편에게 당당하게 맞서야 한다. "한 번만 더 손대면 이혼이야!" 인격 모독을 일삼는 상사에게 당당하게 맞서야 한다. "지금 뭐 하시는 거예요!"

'백척간두진일보(百尺竿頭進一步) 시방세계현전신(十方世界現全身)' 송나라 도원이 쓴 불교서적 『경덕전등록(景德傳燈錄)』에 나오는 말이다. 백 척이나 되는 높은 대나무 끝에서 한 걸음을 내디디면 새로운 세계가 보인다는 뜻이다. 죽을 것 같은 공포와 불안이 엄습할 때 눈을 질끈 감고 한 걸음을 내디디면 새로운 세계가 보인다. 삶의 그로기를 벗어나기 위한 방법도 그렇다. 두렵고 긴장되지만 두 눈을 질끈 감고 상대 안쪽으로 파고들어야 한다. 그렇게 단 한 번의 담대함을 발휘할 수 있다면, 새로운 삶의 지평이 열린다.

상대의 쏟아지는 주먹 속으로 파고든 복서들은 안다. 의외로 상대의 주먹이 맞을 만하다는 것, 그리고 정신없이 공격하느라 상대가 점점 지쳐 가고 있다는 것. 그리고 마침내 알게 된다. '이제 내가 공격할 차례구나!' 삶의 그로기에 빠졌다면, 뒤로 물러서지 말자. 두렵다면, 가드를 바짝 붙이고 눈을 질끈 감고 상대 앞으로 돌진하자. 나는 이제 알고 있다. 백 척이나 되는 대나무 끝에서 한 걸음을 내디디면 새로운 삶이 시작된다는 걸.

복싱은 좋지만 감량은 싫다
"좋아하는 일이 싫어하는 일이 될 때"

복싱이 좋다. 링에 올라 상대와 마주 서는 긴장감. 상대의 움직임에 맞춰 물 흐르듯이 공격하고 방어하는 몰입감. 땀복 아래로 땀이 물 흐르듯이 떨어질 때의 뿌듯함. 운동을 끝내고 땀복을 벗을 때의 상쾌함. 이루 다 말할 수 없는 즐거움이다. 그뿐인가? 남들은 지겹다는 거울 앞에서의 자세 연습도 즐겁다. 복싱은 형언할 수 없을 정도의 큰 즐거움을 준다. 하긴 그런 즐거움이 없었다면 서른일곱 살의 나이에 프로 복서를 준비하는 황당한 짓은 시작하지도 않았을 게다.

그런데 프로테스트를 준비하고, 프로 데뷔를 준비하면서 복싱이 싫어진 적이 있다. 이유는 간단하다. 감량 때문이었다. 나는 체중이 많이 나가는 편이다. 평소 체중이 90kg 정도이다. 프로테스트를 위해서 12kg 정도 감량을 해야 했고, 프로 데뷔를 위해서 14kg을 감량해야 했다. 곤혹스러웠다. '인생 즐거움의 반은 먹는 즐거움'이라는 세상 사람들의 이야기는 내 지론이기도 했다.

좋아하는 이들과 맛있는 음식을 먹는 건 내게 무엇과도 바꿀 수 없는 즐거움이다. 그뿐인가? 게다가 나는 애주가다. 사람이 좋아 술을 마시지 않는다. 순수하게 술이 좋다. 그래서 혼자서도 마신다. 늦은 밤 혼자 마시는 술만큼 나를 행복하게하는 일도 없다. 음식과 술을 좋아하는 내게 감량이라니. 맛있는 음식도 먹지 못하고, 그 좋아하는 술도 마시지 못하는 생활을 계속 이어나가야 한다는 건 괴로운 일이었다.

감량에 관하여

결과부터 말하면 90kg에서 75kg까지 감량했다. 프로 데뷔전 계체에서 정확히 75.6kg이었다. 결과만 말하면 쉽다. 하지만 과정은 전혀 쉽지 않았다. 감량 기간 술은 언감생심이었다. 먹는 것도 바나나 하나에 닭가슴살, 달걀 3개(물론 노른자는뺀다)가 전부였다. 감량하는 동안 거의 매일 이 식단을 유지했다. 맛있는 냄새가 나는 음식점은 애써 피해 다녔고, 사람들을 만나는 약속도 되도록 식사 시간은 피했다. 거의 수도승 같은 생활의 연속이었다. 먹는 음식은 절제하고 정해진 훈련은 매일 소화해야 하는 삶이었다. 감량하는 동안 몸에 기력이 없는 건 물론이고, 정신도 무기력해졌다.

그걸로 끝이 아니었다. 다른 격투기도 마찬가지겠지만 복싱을 하는 데에도 기량만큼 체중이 중요하다. 프로 복서들은 시합 하루 전날 계체를 하므로 계체를 잰 후 다음 날까지 체중을 많이 늘리는 것이 중요하다. 프로 선수들이 계체를 하고 체중을 바로 다시 올리는 걸 '리바운딩(Rebounding)'이라고 한다. 이 '리바운딩'에서 중요한 게 바로 '수분'이다. 근육이나 지방은 뺀 다음 단시간에 회복할 수 없다. 하지만 수분으로 뺀 체중만큼은 계체 뒤에 바로 수분을 섭취하는 것으로 회복 가능하다. 그래서 비단 복싱뿐만 아니라 체중을 재는 스포츠를 하는 프로 선수들은 다들 예외 없이 마지막에는 수분을 빼기 마련이다. 그런데 이 수분 빼기가 정말 죽을 맛이다.

땀복을 입고 땀을 뺀 후 물을 마시지 못할 때, 그 괴로움은 겪어 보지 않은 사람은 모른다. 시합 이틀 전부터는 거의 물을 마시지 않는다. 그때는 목이 말라 잠도 오지 않는다. 바짝 말라가는 입속을 물로 잠시 헹구는 것으로 갈증을 참는다. 그러고도 도저히 안 될 때는 입에 얼음을 물고 잠을 청하기도 한다. 어떤 선수가 밤에 잠이 안 올 정도로 목이 너무 말라 얼음을 계속 물다가 다음 날 계체에서 고생했다는 이야기에, 웃음보다는 공감이 앞섰다.

좋아하는 일이 싫어하는 일이 될 때

감량의 고통이 절정을 달해 갈 때였다. 급기야 '내가 지금 왜 이 짓을 하는 거지?'라는 생각이 하루에도 몇 번씩 들었다. 급기야 좋아하던 복싱도 하기 싫었다. "먹고 훈련할래? 안 먹고 그냥 누워 잘래?"라고 물으면 "안 먹고 그냥 누워있고 싶다."고 답할 지경이었다. 감량 때문에 복싱이 싫어진 셈이었다. 속으로 그런 생각을 했다. "감량만 없어도 복싱이 정말 재미있을 텐데……."

"복싱은 좋지만 감량은 싫다"고 혼자 중얼거린 적이 한두 번이 아니었다. 그런데 생각해 보면 참 웃긴 생각이다. 복싱이라는 스포츠 안에 감량의 과정이 포함되어 있다. 그건 프로든 생활 체육이든 다 마찬가지다. 생활 체육 시합을 나가더라도 결국 체중을 맞춰야 한다. 물론 그 감량 폭이 프로 선수들보다 덜하기는 하지만 말이다. 생활 체육 시합을 나가는 선수도 전날 저녁 한 끼는 굶기도 하고, 최소한 계체 당일 물 한 잔 정도는 포기해야 한다. 그게 복싱이다.

돌아보면 나는 좋아하는 일을 너무 쉽게 포기해 버렸다. 정확히는 좋아하는 일이 싫어졌다. 어린 시절 격투기가 좋았지만 맞는 건 싫었다. 그래서 동네 형과 스파링을 하느라 몇 대 맞고 온 날 격투기가 싫어졌다. 그렇게 격투기가 싫어졌고 그래서 포기해 버렸다. 나이가 들어 연애할 때도 마찬가지였다. 너무 좋아했던 사람이 있었다. 그녀가 좋았지만 시간이 지나 알게 된 그녀의 마뜩잖은 몇 가지 행동 때문에 그녀가 싫어져서 이별한 적이 한두 번이 아니었다.

좋아하는 일이 싫어하는 일이 되는 경우가 많다. 그건 좋아하는 일은 마냥 좋아야만 한다는 유아적인 바람 때문에 일어나는 일이다. 세상에 그런 일은 없다. 삶은 그렇게 단순하지 않다. 싫어하는 일 중에도 좋아하는 일이 있다. 직장은 싫지만 그곳을 그만두지 못하는 이유는 결국 돈이 좋기 때문 아닌가. 마찬가지다. 좋아하는 일에도 싫은 일이 있을 수 있다. 복싱은 좋지만 감량은 싫을 수 있다. 연인은 사랑스럽지만 그 사람만의 특정 버릇은 싫을 수 있다. 그런 사실 자체를 부정할 순 없다.

복싱 그리고 감량이 알려 준 두 가지

복싱 그리고 감량을 통해 두 가지 삶의 진실을 발견했다. 첫 번째는 싫은 일의 좋은 점을 찾는 것보다, 좋은 일의 싫은 점을 감당하는 삶이 더 행복하다는 것이다. 몇 해 전까지만 해도 나는 직장인이었다. 싫었다. 아니 지긋지긋했다. 직장인의 삶이. 하지만 직장인이라는 삶을 벗어던질 수가 없었다. 꼬박꼬박 나오는 안정적인 월급과 빈약한 존재 의식을 메워 주는 대기업 사원증까지. 그 좋은 점들을 포기할 수 없었다. '세상에 좋아하는 일만 하는 사람은 없다'고 합리화를 하며 싫은 일의 좋은 점을 애써 크게 보려 했다.

지금 나는 글 쓰는 것을 직업으로 삼고 있다. 글을 쓰는 일이 무엇보다 즐겁다. 좋아하는 일을 하며 산다. 하지만 그 좋은 일 사이에 괴롭고 싫은 일이 많다. 우선 돈이 없다. 전업 작가로 산다는 건, 가난을 끼고 산다는 말과 동의어다. 그뿐인가? 누가 무슨 일을 하냐는 질문에 '글 쓴다'고 답했을 때 순간 싸해지는 분위기도 불편하다. '이대로 살아서 애 둘을 잘 키울 수 있을까?'라는 수시로 드는 자괴감은 이 삶을 경험해 보지 않은 사람은 결코 알 수 없을 괴로움이다. 좋아하는 일을 하고 있지만 고되고 괴롭고 싫은 일들 역시 도처에 널린 삶을 살고 있다.

하지만 '직장인으로 살래? 작가로 살래?'라고 누군가 묻는다면 주저 없이 답할 수 있다. 작가다. 직장인은 싫어하는 일을 하며 좋은 점을 찾아야 하는 삶이다. 반면 작가는 좋아하는 일을 하며 싫은 일을 감당하는 삶이다. 전자의 삶보다 후자의 삶이 더 행복하다. 논리적으로 설명할 수가 없다. 그냥 두 가지 삶을 가로지르며 온몸으로 알게 되었다. 안정적이기에 무기력한 삶보다, 불안정하기에 활력적인 삶이 더 행복하다는 걸 온몸으로 깨우쳤다.

두 번째로 알게 된 것은 '어떤 일을 진심으로 좋아한다'는 것의 진짜 의미이다. '어떤 일을 진심으로 좋아하는가?'라는 질문은 '좋아하는 일 속에 있는 싫어하는 일을 얼마나 버텨낼 수 있느냐?'로 답할 수 있다. 복싱을 정말 좋아한다고 말했던 사람 중에 감량이 싫어서 도망친 이가 한둘이 아니었다. 그들은 정말 복싱을 좋아했던 걸까? 잘 모르겠다.

어떤 것을 정말 좋아하는지는 싫은 일을 얼마나 감당하고 있는가를 보면 된다. '나는 영화 보는 걸 좋아해!' '나는 엄마를 좋아해!'라는 말은 할 필요가 없는 말이다. 그런 말은 무의미하다. 영화를 보기 위해 얼마나 많은 싫은 일들을 감당하고 있느냐, 엄마를 위해 얼마나 많은 고된 일을 감당하고 있느냐만 점검하면 된다. 더도 덜도 말고 딱 그만큼, 괴롭고 힘든 그래서 싫은 일을 감당할 수 있는 만큼 영화와 엄마를 좋아하는 것이다. 누군가에는 야박하게 들릴지도 모르겠지만, 삶의 진실은 원래 야박하다.

가끔 체육관 회원들이 내게 '대단하다'고 말한다. 적지 않은 나이에 먹을 것도 못 먹고 감량하고 훈련하는 게 희한해 보여서 한 말로 이해하고 있다. 그런데 그건 대단한 것도 희한한 것도 아니다. 나는 정말로 복싱이 좋다. 그래서 좋아하는 만큼 고되고 괴로운 일들을 감당할 수 있었던 것일 뿐이다. 복싱이 아니라 농구나 축구였다면, 당장 다 때려치우고 고기에 낮술을 마시러 달려갔을 게다.

강밀한 취미를 공유하는
관계에 대해

우리 시대 거의 모든 아픔의 근원, 돈, 돈, 돈

소외, 다툼, 경쟁, 불안. 우리 시대의 아픔들이다. 정도의 차이만 있을 뿐, 가정, 학교, 직장 등 사회 곳곳에서 이런 아픔에 신음한다. 소외시키고 소외당하고, 끊임없이 다투고, 경쟁한다. 그 과정에서 끝도 없는 불안에 시달린다. 이런 아픔은 어디서 온 것일까? 그 아픔의 원인을 하나로 단정 짓긴 어렵다. 하지만 가장 큰 원인을 하나만 꼽으라면, 단연 돈으로 대표되는 자본주의다. 사람을 사람답게 하기 위한 돈이 아니라, 사람을 사람답지 못하게 만드는 돈이 이 세상에 있다.

모든 사람이 돈, 돈, 돈 거린다. '돈보다 소중한 것들이 많다'는 당연한 사실이 순진한 이야기로 들리게 된 것은 이미 오래전이다. 더 많이 벌고 더 적게 쓰는 것에 혈안이 된 사람들이 넘쳐나는 시대. 그것이 우리 시대의 자본주의다. 사람보다 돈을 더 중요하게 여기는 사회에서 사람답게 살기란 애초에 요원한 일이다.

이런 현실에서 돈은 곧 신분이 되었다. 우리 시대의 자본주의는 단순한 경제 체제가 아니다. 봉건적 신분제에 가깝다. 형식적 민주주의가 갖춰져 문제의 본질을 가리고 있을 뿐, 재벌과 우리가 같은 신분이라고 말하기 어렵다. 봉건시대의 천민이 영주를 만날 기회가 없듯, 지금도 그렇다. 경제적 천민이 경제적 영주를 만날 기회가 없다. 천민과 영주가 만나게 되더라도 문제. 천민은 머리를 조아리고 영주는 군림한다. 이 시대에 천민, 영주는 사라졌지만 여전히 빈자, 노동자는 머리를 조아리고, 부자, 자본가는 군림한다. 돈 많은 사람과 돈 없는 사람은 만날 기회도 없고, 만나게 되더라도 동등한 인격체로 만나기는 쉽지 않다. 신분제로 기능하는 자본주의에서 사람답게 사는 것은 애초에 불가능하다.

도구가 아닌 그 자체로 사람을 보는 곳, 체육관

사람을 사람답게 살지 못하게 하는 자본주의를 어떻게 할 것인가? 긴 시간 고민했다. 쉬이 답을 찾을 수 없었다. 이미 돈 없이 사는 것은 불가능한 시대가 되어 버렸고, 돈이 곧 계급인 시대를 이미 받아들이고 있으니까. 그러던 어느 날 희망의 실마리를 발견했다. 땀 흘리며 운동하는 체육관에서 말이다.

체육관에 프로 선수 세 명이 있다. 나는 돈이 없다. 하지만 나는 그들에게 돈을 쓴다. 가끔 맛있는 것을 사 주고 이런저런 것들을 챙겨 준다. 비단 나만 그런 것이 아니다. 체육관 회원들 역시 프로 선수들에게 이런저런 것들을 베푼다. 또 회원들끼리도 서로 베푼다. 그건 무엇인가를 바라서가 아니다. 어찌 보면 참 낯선 광경 아닌가? 10원짜리도 계산해서 주고받는 것을 당연하게 여기는 시대 아닌가.

체육관에는 돈, 돈, 돈 거리는 자본주의를 넘어서는 현실이 있다. 체육관은 사람을 돈을 위한 도구가 아니라 사람을 사람 그 자체로 볼 수 있게 한다. 이런 기적 같은 일은 어떻게 일어날까? 복싱이라는 취미를 매개하기 때문이다. 내가 좋아하는 복싱을 누군가도 좋아한다는 사실 때문이다. 강밀한 취미, 그러니까 진심으로 좋아하는 취미가 있다면, 그 취미를 공유한다는 사실만으로 깊은 유대감이 생긴다. 그 단순한 사실 때문에 이해관계를 넘어서 베풀고 싶은 것이다. 물론 이러한 사실을 이용하려는 사람도 있지만 말이다.

복싱이 아니어도 그렇다. 진심으로 좋아하는 취미를 공유하는 사람을 만나게 될 때 우리는 그 사람에게 베풀고 싶어지니까. 하지만 복싱은 더욱 그렇다. 함께 온몸을 부대끼는 운동이 만들어내는 유대감은 함께 영화를 보고 차를 마시는 관계가 만들어내는 유대감보다 더욱 깊을 수밖에 없다. 그 깊은 유대감 때문에 체육관은 가끔 우리 사회의 관성을 넘어서는 공간이 된다. 아무런 대가 없이 베풀고 싶은 공간.

그뿐인가? 체육관은 자본주의적 신분제를 넘어선 공간이다. 체육관에서는 앳된 중학생과 중년의 남자가 친구가 된다. 의사와 취준생이 친구가 된다. 기사를 대동하고 다니는 사장과 이삿짐 노동자가 친구가 된다. 성별, 나이, 직업, 빈부를 넘어 서로 동등한 인격체로서 관계 맺음이 가능하다. 체육관 안에서는, 체육관 밖에서처럼 모종의 권력 관계를 확인하고 머리를 조아리고 군림하려는 드는 일은 좀처럼 일어나지 않는다.

이런 일들은 돈, 돈, 돈 거리는 거센 물살을 생각해 보면 기적 같은 일이다. 진심으로 복싱을 좋아하는 사람들끼리 모였기에 가능한 기적. 진심으로 복싱을 좋아하기에 나머지 조건들은 뒤로 물러나게 되기에 가능한 기적. 그렇게 사람을 사람 자체로 보게 되는 기적. 이것이 사람을 사람답게 살지 못하게 하는 자본주의를 넘어설 작은 실마리다.

'사람이 먼저다!'라는 외침은 공허하다. 지금은 이미 사람보다 돈이 우선인 시대이니까. 차라리 '취미가 먼저다!'라고 말하는 것이 더 좋겠다. 그중에서 온몸을 부대끼며 나눌 수 있는 강밀한 취미. 복싱처럼 그런 강밀한 취미를 공유하는 관계에서만 '사람이 먼저'일 테니까 말이다.

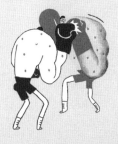

ROUND
04

메서드

맞지 않아서 자존심이 상했던 날
"삶의 안목에 관하여"

프로 복서를 준비하면서 나름 열심히 했다. 그런데 복싱에 익숙해져 가면서 조금 다른 문제에 봉착했다. 처음 복싱을 시작할 때의 가장 큰 문제가 상대와 마주 서는 것 자체에 대한 두려움이었다면, 시간이 조금 흐른 뒤에는 자존심이 문제였다.

스파링을 하면서 맞을 때, 예전에는 '이번 공격에 맞으면 아프지 않을까?' '이러다 다치지는 않을까?'라는 두려움이 앞섰다면, 언젠가부터는 '이 정도 실력밖에 안 되는 애한테 맞고 있어야 돼?'라는 생각이 들었다. 스파링에서 몇 대 맞으면 자존심이 상했다. 그럴 때면 어김없이 거리 조절이나 기술은 뒷전이고 마치 동네 싸움처럼 치고받는 거친 스파링이 되곤 했다. 링에 오르는 복서들 중 지고 싶어 하는 사람은 없다. 그러니 맞아서 자존심 상하지 않는 복서도 없다. 나 역시 마찬가지였다. 맞으면 자존심이 상했다.

작년 신인왕 준우승과의 스파링

내가 다닌 체육관에는 프로 복싱 신인왕전에서 준우승한 프로 복서가 있다. 나와는 15살 차이가 나는 친구다. 그 친구는 중학생 때부터 복싱을 시작해 대학교 복싱부에서 선수 생활을 하다 프로 복싱으로 전향했다. 체력, 기본기, 기술까지, 4라운드 선수 같지 않은 선수다. (프로 복서는 링 경력에 따라 일반적으로 4라운드 선수, 6라운드 선수, 10라운드 선수로 나눈다. 챔피언급이 되면 10, 12라운드 선수가 된다.) 어디 하나 흠잡을 데 없는 선수였다. 신인왕전 준우승도 아슬아슬한 준우승이었다.

당연히 내가 그와 스파링을 할 기회는 없었다. 실력 차가 너무 많이 나서 서로에게 별 도움이 되지 않았기 때문이었다. 그런데 어느 날 관장이 "형님, 오늘은 얘랑 한번 하시죠?"라고 말했다. 그 친구와 가벼운 스파링을 한번 해 보라는 이야기였다. 실력 차야 분명했지만, 걱정보단 기대가 많았다. 내 실력이 얼마나 늘었는지 확인해 보고 싶기도 했고, 실제 프로 시합에서 내 실력이 어느 정도 통할지 가늠해 볼 수도 있다고 생각했기 때문이었다. 우리는 보호 장구를 착용하고 링에 섰다.

맞지 않아서 자존심이 상했던 날

1라운드가 시작되고 가볍게 잽으로 거리를 쟀다. 상대의 탄탄한 기본기 덕분이었는지 내 잽은 좀처럼 그에게 닿지 않았다. 그런데 빠르게 앞뒤로 움직이면서 던진 상대의 잽은 내 앞면에 계속 툭툭 걸렸다. 맞을수록 자존심이 상했다. 또 자존심이 상할수록 몸에 힘이 점점 들어갔다. '한 방에 잡아야겠다!'는 생각이 들었다. 그러다 보니 상대적으로 약한 앞 손보다는 뒷손으로 크게 휘두르는 펀치가 점점 많아졌다.

크게 휘두르는 펀치가 많아지니 그 친구의 표정이 달라졌다. 가볍게 시작한 스파링이 점점 격렬해지면서 상대의 여유 있는 표정은 사라졌고 집중하고 있는 게 느껴졌다. 그도 그럴 것이 실력 차를 떠나 체중도 내가 많이 나가기도 했고, 뒷손 한 방이면 누구든 충격을 받을 수밖에 없다는 걸 서로 알고 있기 때문이었다. 내심 '그래, 너도 별거 아니잖아!'라는 생각이 들었다. 하지만 그 아이는 경쾌한 스텝을 살리면서 계속 잽을 적중시켰다. 그럴수록 더 자존심이 상했고, 더 격렬하게 밀어붙이며 펀치를 날렸다.

그렇게 밀어붙이면서 드디어 상대를 코너에 몰았다. 이제 더 이상 스텝을 살리면서 뒤로 물러날 공간은 없었다. 자존심도 상했겠다, 몸에 힘도 들어갔겠다, 한 방 제대로 먹여 보자는 심정으로 크게 뒷손을 날렸다. 바로 그 순간이었다. 그 아이는 내 펀치 타이밍을 읽고 위빙(Weaving, 상체를 움직여 상대의 공격을 회피하는 기술)을 하며 내 안쪽으로 파고들었다. 순간 '헉!' 했다. 큰 펀치를 내느라 옆구리가 비었는데, 그곳을 노리기 딱 좋은 공간으로 순식간에 파고들었기 때문이었다.

하지만 그는 공격하지 않았다. 타이밍을 놓쳤나 보다 싶어, 본능적으로 반대 손으로 크게 펀치를 날렸다. 그와 동시에 그 아이는 반대로 위빙을 하며 다시 반대쪽 옆구리를 쪽으로 파고들었다. 이번에도 '헉!' 할 수밖에 없었다. 그 타이밍에, 그 위치면 100% 공격이 날라 온다는 걸 경험으로 알고 있었다. 하지만 이번에도 그 친구는 위치만 선점하고 공격하지 않았다. 그때 알았다. 그는 애초부터 공격할 생각이 없었던 거였다. 한 라운드가 더 남아 있었지만, '그만하자'고 말한 뒤 헤드기어를 벗었다.

그날 기묘한 경험을 했다. 보통은 스파링을 하면 맞아서 자존심이 상한다. 하지만 그날은 맞지 않아서 더 자존심이 상했다. 분명 맞아야만 했을 타이밍, 위치였는데 맞지 않았다. 정확히는 그 친구가 때리지 않은 것이다. 이유는 알고 있다. 실력 차가 많이 나는 상대를 굳이 때릴 필요 없다고 생각했을 테고, 또 형이라고 부르기가 어려운 정도로 나이 차가 많은 형을 굳이 패고 싶지 않았을 테다. 하지만 그것 때문에 더 자존심이 상했다. 아직도 내 실력이 제대로 된 스파링조차 하지 못하는 수준이라는 실망감 때문에.

삶의 안목에 관하여

운동을 끝내고 그 아이와 커피를 한잔 마시면 이야기를 나눴다.

"너 아까 바디 때릴 수 있는데 안 때렸지?"

"네."

"(웃으며) 이 새끼, 너 나 무시하는 거냐?"

"아뇨, 굳이 때릴 필요가 있을까 싶어서요."

"나는 아직 멀었나 보다. 이래서 데뷔전 치르겠냐?"

"아니에요. 이건 형님 기분 좋으라고 말하는 건 아닌데요. 다른 체육관 가서 프로 준비하는 애들이랑 스파링하잖아요. 그럼 가끔 실력 차가 너무 나면 어제처럼 타이밍하고 위치만 잡고 안 때릴 때가 있어요. 그런데 걔들은 제가 위치하고 타이밍만 잡고 나갔다는 걸 몰라요. 자기가 잘해서 안 맞은 줄 알아요. 근데 어제 형님은 그거 아셨잖아요? 전 그게 놀랍던데요. 데뷔전도 안 했는데 그걸 알기가 사실 쉽지 않거든요."

그날 그의 이야기는 어느 정도 나이 많은 형에 대한 배려라고 생각한다. 기분이 좋아졌다. 하지만 그 기분 좋음이 유능한 프로 복서에게 인정받았기 때문은 아니었다. 생각해 보니 정말 그렇다. 예전에는 맞으면 맞고 때리면 때리는 것으로 끝이었다. 복싱에 조금 더 익숙해진 뒤에는 맞으면 자존심 상하고, 때리면 실력이 느는 것 같아 기분이 좋았다. 그런데 어제는 맞지 않아도 자존심이 상했다. 왜일까? 그건 나름대로 복싱에 관한 안목이 생겼기 때문이었다. 상대가 때릴 수 있는 위치와 타이밍을 점유했어도, 나를 봐서 일부러 안 때렸다는 것을 아는 안목. 그런 안목이 없었다면, 상대가 뭘 했든 안 맞았다는 사실 때문에 싱글벙글하고 있었을 게다. 그 아이가 스파링을 해 주었던 예비 프로 복서들처럼 말이다. 롤러코스터 같은 며칠이었다. 안 맞았다는 것에 자존심이 상해서 씩씩거리고 있다가, 금세 자존심이 상했던 것도 안목이 생겼기 때문이라는 사실을 자각하고 뿌듯해져 버렸으니까.

내가 뭘 모르는지를 정확히 아는 것이 안목이다

"너 자신을 알라!" 조울증 같은 롤러코스터에서 내리고 난 뒤, 소크라테스의 이 말이 생각났다. 이제는 식상해 보이기까지 한 그 말이 문득 떠올라, 그 말에 대해 다시 생각했다.

인간은 대체로 자신이 무엇을 아는지에 대해서 알고 있다. 하지만 인간이 모르는 것이 있다. 그건 바로 자신이 무엇을 모르는지에 대해서다. 소크라테스는 우리에게 바로 그것을 말하고 싶었을 테다. 소크라테스의 "너 자신을 알라!"는 말의 진의를 나는 이렇게 이해하고 있다. "네가 알아야 할 것은 네가 무엇을 모르는지에 관한 것이다."

상대가 배려해 주지 않았다면, 얻어터져 벌써 쓰러졌어야 했는데, 그것도 모르고 자기 주먹만 휘둘렀던, 나를 비롯한 예비 복서들의 안목은 얼마나 협소한가. 복싱을 하면서 안목이란 것이 어떤 것인지 새삼 느낀다. 맞지 않고도 자존심이 상하는 게 안목이다. 내가 무엇을 모르고 무엇이 부족한지에 대해서 알고 있어야 안 맞고도 자존심이 상할 수 있다. '어떤 것을 제대로 알아볼 수 있는 능력', 안목의 사전적 의미다. 그렇다면 삶의 안목은 이렇게 정의할 수 있다. '내가 무엇을 모르고 있었는지 파악하는 능력.' 내가 무엇을 모르는지에 대해서 알게 될 때, 이전에 보이지 않았던 것들이 보이기 시작하니까.

자만심과 주눅 둘 사이에서
"야수성에 관하여"

　　　　　프로 시합 날짜가 잡혔다. 시합을 준비
하는 데 스파링보다 더 좋은 훈련은 없다. 문제는 나와 비슷한
중량급 선수가 많지 않아 스파링 파트너가 부족하다는 점이었
다. 관장의 지인을 통해 몇 번 스파링을 했지만, 턱없이 모자
라는 횟수였다. 관장이 스파링을 잡느라 우여곡절이 많았다.

　　"형님 내일은 OO 체육관으로 스파링 하러 가시죠."

　　"거기에는 저랑 체중 맞는 선수가 있나 보네요?"

　　"아뇨. 프로 선수는 아니고 일반 회원인데, 준선수급 정도
되나 봐요. 그쪽 관장이 해 볼 만하다네요"

　　속으로 김이 빠졌다. 일반 회원이 잘해 봐야 어느 정도 수

준인지 대략 알고 있었기 때문이었다. 하지만 찬밥 더운밥 가릴 처지가 아니었다. 일단 스파링을 통해 실전 경험을 최대한 많이 쌓아야 했다. 다음날 장비를 챙겨서 상대 체육관으로 갔다. 체급이 비슷한 일반 회원 2명이 몸을 풀고 있었다. 각각 나와 3라운드씩 스파링하기로 했다. 섀도복싱을 하는 걸 보니 그 두 명은 일반 회원 이상의 기량이 분명 있었다. 조금 안심이 됐다. 마음 놓고 힘껏 때려도 될 것 같다는 느낌이 들었기 때문이었다.

아무에게도 말하지 않았지만, 그날 내 스파링 목적은 상대를 바닥에 주저앉게 만드는 것이었다. 일반 회원은 아무리 잘해도 일반 회원 아닌가? 그 정도 상대를 주저앉힐 수 없다면 시합에서도 기량 발휘를 할 수 없다고 생각했다. 시작부터 6라운드까지 쉬지 않고 거칠게 몰아붙였다. 정말 있는 힘껏 때렸지만 상대를 주저앉힐 유효타는 좀처럼 나오지 않았다. 결국 둘 중 한 사람도 쓰러뜨리지 못했다. 6라운드 스파링이 끝나고 거친 숨을 몰아쉬면서 든 감정은 후련함이 아니라 짜증이었다.

'아직 내 실력이 겨우 일반 회원조차 다운시키지 못할 정도란 말인가.'라는 생각에 나 자신에 대한 실망감과 다가올 시합에 대한 걱정이 밀려왔다. 스파링을 끝내고 돌아가면서 관장은 몇 가지 이야기를 해 주었다. "형님, 오늘 공격적으로 하셨던 건 너무 좋았어요. 그런데 그게 과했던 거 같아요. 오늘 평소보다 유효타 덜 나왔죠? 제가 보기엔 형님이 너무 공격적으로 하려다 보니까 평소보다 더 상대방 쪽으로 가까이 들어가서 그래요. 그러니 제대로 된 펀치가 안 나왔던 거예요."

국가 대표 상비군과의 스파링

시합을 몇 주 남겨 놓았을 때 즈음이었다. 관장에게 전화가 왔다.

"형님, 다음 주에 스파링 잡아 놨어요. 시간 되시죠?"

"이번에는 누구랑 해요?"

"최종 점검을 위해 좀 잘하는 사람이랑 해 보는 게 좋을 것 같아요."

"한번 해 보죠. 하다 안 되면 맞으면 되죠."

"좋은 자세예요. 스파링할 사람은 국대(국가 대표) 상비군 출신이에요. 체중도 비슷하고요."

"네? 국대 상비군요?"

국가 대표 상비군이라니? 마른하늘에 날벼락이었다. 게다가 중량급. 20대에 우연히 아마추어 레슬링 국가 대표 상비군과 운동한 적이 있다. 함께 훈련했다기보다 그냥 구경에 가까웠다. 그때 받은 느낌은 '애들은 괴물이구나!' 체력, 근성, 기술 모두 상상 초월이었다. 상비군이 이 정도인데 올림픽에서 금메달 따는 선수들은 도대체 어떤 인간들인지 궁금하기도 했다. 그런데 내가 그 괴물과 스파링을 해야 한다니.

야속하게 시간은 흘렀고, 스파링 날이 되었다. 체육관에 도착해서 스파링할 상대와 인사를 한 후 몸을 풀었다. 긴장한 내게 관장은 "너무 긴장하지 말고 메쓰(메서드)한다고 생각하고 하세요."라고 했다. 덕분에 긴장이 조금 풀렸다. 1라운드가 시작되었다. 관장이 말한 대로 했다. 정말 메서드 스파링하는 것처럼 살살했다. 상대도 굳이 세게 하지 않았다. 그렇게 1라운드가 끝나고 코너로 돌아갔다. 관장은 화를 내며 말했다. "형님, 지금 뭐 하는 거예요. 지금 장난치는 거예요. 이럴 거면 스파링하는 의미가 없어요. 다음 라운드부터는 죽기 살기로 하세요!"

관장의 말은 '실력 차가 있어도 할 수 있는 걸 적극적으로 하라'는 말이었다. '그래, 되든 안 되든 해보자'라고 마음먹고 다음 라운드에 나섰다. 시작부터 힘껏 휘둘렀다. 아나나 다를까 내가 강도를 올린 만큼 상대 역시 강도를 올렸다. 그사이에 내 안면에 카운터펀치가 몇 개 걸렸다. 정확한 타이밍에 묵직하게 걸린 카운터펀치여서 머리가 딩딩 울렸다. 그때부터 몸이 더 굳어 버렸다. 상대를 쓰러뜨리기 위해서가 아니라 맞지 않기 위해 펀치를 휘둘렀다.

그렇게 큰 펀치를 휘두르다 명치에 정확하게 카운터펀치가 걸렸다. 마우스피스가 튀어나왔다. 말로 표현할 수 없는 고통 때문에 배를 부여잡고 링 바닥에 굴렀다. 스파링을 끝내고 돌아오는 차 안의 분위기는 어색했다. 관장이 먼저 이야기를 꺼냈다. "형님 시합 때 그렇게 하시면 진짜 큰일 나요. 이기고 지는 문제가 아니라 크게 다쳐요. 아까 스파링은 형님이 사냥당하는 모습이었어요. 형님, 링에 서려면 야수가 되셔야 해요." 다 맞는 말이고, 창피해서 뭐라 대꾸할 말도 없었다.

자만심과 주눅 듦 사이에서 어떻게 살아갈 것인가?

시합을 앞두고 두 스파링을 복기해 보았다. 나는 왜 일반 회원을 주저앉히지 못했을까? 나는 왜 국대 상비군에게 맞고 주저앉았을까? 전자는 자만했기 때문이었고, 후자는 주눅 들었기 때문이었다.

일반 회원을 상대로 유효타를 많이 적중시키지 못했던 표면적 이유는 거리를 유지하지 못했기 때문이었다. 그렇다면 나는 왜 과도하게 밀어붙이며 거리 유지에 실패했던 걸까? '얘 정도는 빨리 쓰러뜨릴 수 있어!'라는 자만심 때문이었다. 그 자만심 때문에 오히려 유효타를 많이 적중시키지 못했다.

국대 상비군에게 아무것도 해 보지 못하고 허우적대다가 맞고 주저앉은 이유는 분명 실력 차 때문이었다. 하지만 웬만큼 실력 차가 나더라도 스파링에서 다운은 잘 나오지 않는다. 내가 그날 링 바닥에 주저앉았던 이유는 상대의 명성이나 실력에 이미 주눅이 들었기 때문이었다. 시작도 하기 전에 주눅이 들어서 내가 할 수 있는 것도 못 했고, 그만큼 상대는 더 자신감이 생겼던 것일 테다.

만약 내가 일반 회원을 상대로 자만하지 않았다면, 더 많은 유효타를 적중시켰을지도 모르겠다. 만약 내가 국가 대표 상비군을 상대로 주눅 들지 않았다면, 링 바닥에 주저앉는 일은 없었을지도 모르겠다. 내 삶을 돌아보니 그렇다. 종종 자만심과 주눅 듦 사이에서 균형을 잘 잡지 못했다. 그래서 많은 시행착오를 겪었다. 평소 자신 있는 과목이라고 자만하다 그르친 시험이 많았다. 또 조금만 어려운 과목은 애초에 주눅이 들어 공부할 엄두도 못 내다 시험을 망친 적도 많았다.

비단 나만의 이야기는 아닐 게다. 세상에는 자신보다 힘이 약하고 아는 것이 없다고 생각되는 사람 앞에서 우쭐대고 잘난 체 하는 사람이 얼마나 많던가. 또 자신보다 힘이 세다고 아는 것이 많다고 생각되는 사람 앞에서 스스로 검열하고 위축되는 사람은 또 얼마나 많던가. 나 역시 그런 사람 중 하나였다. 약자 앞에서 강하고, 강자 앞에서 약한 사람들은 얼마나 보잘것없고 초라한가. 자만심으로 할 수 있는 일을 그르치고, 주눅 들어서 해야만 하는 일을 그르치는 사람은 얼마나 어리석은가?

야수성에 관하여

'자만심과 주눅 듦 사이에서 어떻게 살아갈 것인가?' 두 번의 스파링을 통해 얻은, 반드시 답해야 할 질문이었다. 이 질문은 임박한 프로 시합을 잘 해내기 위해서도 중요하고, 그 뒤에 이어질 내 삶을 잘 살기 위해서도 중요한 질문이었다. 내가 나름 찾은 답은 '야수성'이다. 자만하지도 않고 주눅 들지도 않는 삶을 위해서는 '야수성'이 필요하다. 야수는 결코 자만하지도 주눅 들지도 않기 때문이다.

야수성을 가진 짐승들을 보라. 그들은 자신보다 약한 먹잇감을 잡을 때도 최선을 다한다. 결코 자만하는 법이 없다. 동시에 자신보다 강한 자가 위협해도 이빨과 발톱으로 마지막까지 저항한다. 결코 주눅 드는 법이 없다. 내게는 이 야수성이 없었기에 일반 회원 앞에서 자만했고, 국대 상비군 앞에서 주눅이 들었던 게다.

야수성에 대해서 꺼림칙하게 여길지도 모르겠다. 야수성은 인간적 가치에서 가장 멀리 벗어난 것처럼 보이기도 하니까. 히지만 야수성은 야만성과 다르다. 야만성이 무분별한 폭력을 행사하는 것이라면 야수성은 최소한의 폭력을 행사한다. 야수성을 가진 맹수들은 먹어야 할 때 약자에게 폭력을 행사하지만, 배고프지 않을 때는 사냥하지 않는다. 그런 면에서 동물은 야수적이지만 야만적이지는 않다. 오히려 인간이 더 야만적이다. 자기 배가 불러도 끝없는 탐욕을 채우기 위해 타인에게 무분별한 폭력을 행사하는 종은, 내가 아는 한 호모사피엔스뿐이다.

일류 복서들의 눈빛에는 언제나 야수성이 넘친다. 어떤 상대를 만나도 자만하지도 주눅 들지도 않는다. 그래서 언제나 침착하고 차분하다. 나 역시 그런 야수성을 가진 사람이 되고 싶다. 약한 자 앞에서 거들먹거리지 않고, 강한 자 앞에서 위축되지 않는 사람이 되고 싶다. 쉬운 일 앞에서 자만하지 않고, 힘든 일 앞에서 주눅 들지 않는 사람이 되고 싶다. 항상 침착하고 차분하게 내가 할 수 있는 일들을 해나가는 사람이 되고 싶다. 프로 복서로 가는 긴 여정이 끝났을 때, 야수로 거듭나 있었으면 좋겠다. 인간적인, 너무나 인간적인 야수.

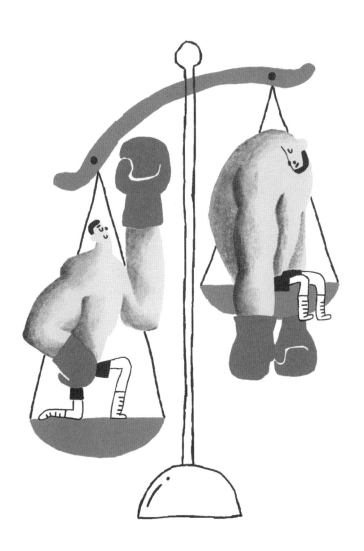

부상에 대처하는 자세 1
"버릴 수 있는 만큼 강해진다"

뒷손이 나오는 걸 기다렸나 보다. 상대
는 나의 뒷손 훅을 피하는 동시에 옆구리에 펀치를 꽂아 넣었
다. 순간 '억'하는 소리가 나왔다. 뭔가 이상하다는 생각이 들
었다. 스파링은 잠시 멈춰졌고, 관장도 이상한 걸 느꼈는지 계
속할 수 있겠냐고 물었다. 잠시 고민했다. 분명 평소에 몸에
맞았던 펀치와는 느낌이 달랐다. '겨우 스파링조차 포기하는
놈은 될 수 없다'는 마음에 "계속하시죠!"라고 말한 뒤 스파링
을 이어갔다.

정말 지나치면 모자람만 못한 걸까? 맞은 걸 돌려주어야겠
다는 생각에 평소보다 펀치에 더 힘이 들어갔다. 아까와 정확

히 같은 장면이 반복되었다. 상대는 크게 휘두르는 내 뒷손 혹을 기다렸다는 듯이 몸 쪽으로 파고들며 옆구리에 강한 펀치를 꽂아 넣었다. "으~으억!" 마우스피스를 뱉으며 외마디 비명을 질렀다. 앞선 공격도 그랬지만 이번 건 또 느낌이 달랐다.

누운 상태에서 움직일 수가 없었다. 일어서지도 앉지도 못했다. 조금만 움직이려고 해도 숨이 막히고 옆구리를 송곳으로 푹푹 찌르는 듯한 고통이 몰려왔다. 한참을 링에 엎드려 있다가 주변 사람들의 도움을 받아 병원으로 갔다. 겨우 누워서 엑스레이를 찍었다. 갈비뼈 골절이란다. 더 당황스러웠던 건, 갈비뼈 골절은 뾰족한 치료법이 없다는 의사의 말이었다. 갈비뼈는 깁스할 수가 없기 때문에 그냥 뼈가 붙을 때까지 쉬는 방법 외에는 치료법이 없단다.

갈비뼈가 부러지고 제일 두려웠던 건 '재채기'였다. 재채기를 하면 순간적으로 숨을 크게 들이마시면서 옆구리가 찢어지는 것 같은 통증이 찾아왔기 때문이었다. 움직이는 것은 고사하고 재채기가 나오지 않기를 기도하며 내리 한 달을 쉬기만 했다. 한 달을 쉬면서 이런저런 생각을 했다. 정확히는 부상당한 것을 후회했다. 한참 실력이 늘어가고 있었는데, 부상 때문에 아무런 훈련도 못 하니 답답하고 짜증이 났다. '처음 맞았을 때 오버하지 말고 그냥 그만했어야 했는데'라는 생각이 머릿속을 떠나지 않았다.

무엇인가를 '얻어야' 강해진다?

링 위에서 강해진다는 게 뭘까? 그건 아마 누구에게도 지지 않는다는 의미일 테다. 그럼 어떻게 해야 지지 않게 될까? 무엇을 얻어야 한다. 체력이든, 기술이든, 경험이든 무엇을 얻어야 강해진다. 어제보다 무엇 하나라도 더 얻어야 한다. 나는 그렇게 믿고 있었다. 그래서 부상으로 훈련을 하지 못하게 되었을 때 분하고 짜증 나고 후회가 되었던 것이다. 부상 때문에 체력, 기술, 경험도 더 이상 얻지 못하게 되어버렸으니까 말이다.

전 세계 챔피언 최용수 선수의 시합을 실제로 본 적이 있다. 마흔을 훌쩍 넘긴 나이로 13년 만의 복귀전이었다. 이제 갓 서른이 된 일본 선수를 링 바닥에 눕혀 버렸다. 그날 최용수 선수는 강했다. 그런데 그 강함은 내가 알고 있는 그런 강함이 아니었다. 무언가를 얻어서 강해진 것이 아닌 것 같았다. 1라운드부터 8라운드까지 현란한 스텝이나 움직임은 없었다. 가드를 바짝 붙인 상태로 상대를 압박하며 공격했다.

최용수는 젊고 강한 상대 선수에게 강한 펀치를 굉장히 많이 허용했다. 시합이 끝난 뒤 최용수 선수의 얼굴은 붉게 물들어 있었다. 매 라운드가 시작될 때마다 그는 비장한 표정으로 성호를 그었다. 그 모습에서 강해진다는 것이 무엇인가를 얻어서 이뤄지는 것이 아닐지도 모른다고 생각했다. 마흔넷의 나이, 13년 만의 복귀전에 최용수는 어떤 심정으로 링에 올랐을까? 아마 '모든 것을 잃어도 좋다'는 심정으로 올랐을 것이다. 시합 내내 그런 결기가 느껴졌다.

버릴 수 있는 만큼 강해진다!

중요한 것을 놓치고 있었다. 누구보다 강했기에 심장을 뛰게 했던 복서들이 생각났다. 그들은 하나 같이 아우라처럼 피어오르는 결기를 보여 주었다. '오늘 여기서 모든 걸 잃어도 좋다!'는 심정으로 상대와 치고받는 결기. 부상 따위는 상관없다는 각오로 상대에게 맞섰다. 그 때문에 상대를 질려 버리게 할 정도로 강해질 수 있었다. 그걸 놓치고 있었다. 링 위에서 오직 두 복서가 치고 받는다. 그때 분명 강한 사람이 이긴다. 그리고 더 강한 사람은 더 많은 것을 버릴 수 있는 각오가 된 사람이다.

지킬 것이 많은 사람은 약해질 수밖에 없다. '부상당하고 싶지 않다'는 심정으로 링에 올라서는 사람은 결정적인 순간에 주춤거릴 수밖에 없다. 결국 강하다는 건, '무엇을 얼마만큼 버릴 수 있느냐?'와 결부된 문제다. 체력, 기술, 경험을 '얻어도' 자신의 전부 혹은 일부를 '버릴' 각오가 되어 있지 않다면 강해질 수 없다. 복서가 되기로 마음먹은 이상, 부상은 피할 수도 없고 피해서도 안 된다.

굳이 부상을 찾아 나설 필요야 없겠지만, 결정적 순간에 부상이 두려워 주춤거려서는 안 된다. 무엇인가를 버릴 준비가 되어 있지 않다면 언제나 상대의 기세에 밀려 두들겨 맞을 수밖에 없다. 역설적인 것은 부상을 당할 각오로 당당히 맞서면 오히려 부상을 당하지 않게 된다는 사실이다. '부상 따위는 상관없어!'라는 결기에 상대는 기가 눌려 뒤로 물러서기 때문이다. 이제 분명히 알겠다. 강해진다는 건, 무엇인가를 얻는 것이 아니라 무엇인가를 버릴 때 가능하다.

삶에서 강해진다는 것

복서가 되려는 건 링에서뿐만 아니라 삶도 강건하게 살아내고 싶기 때문이다. 삶에서 강해진다는 건 어떤 걸까? 많은 지식, 돈, 권력, 명성을 얻으면 강해질까? 아닐 테다. 그런 것들은 얻으면 얻을수록 더 유약해지는 경우가 더 흔하다. 공부를 많이 해서 아는 것은 많지만, 그 아는 것에 갇혀 허영만 가득 찬 유약한 지식인들이 얼마나 많던가. 악착같이 돈을 벌었지만, 그 돈을 잃게 될까 전전긍긍하는 유약한 부자들이 얼마나 많던가. 권력과 명예를 얻은 이들을 보라. 세상 사람들의 인정과 칭찬을 쫓아온 그들은 얼마나 유약한가?

'비트겐슈타인'이라는 철학자가 있다. 그는 누구보다 영민했고, 많은 지식을 갖춘 사람이었다. 하지만 그는 "철학은 질병"이라고 말했다. 그리고 '말할 수 없는 것에 관해서는 침묵해야 한다.'는 의미심장한 말로 끝을 맺는 한 권의 책을 남기고 홀연히 시골 마을로 떠났다. 당대 최고의 대학이라는 케임브리지를 버리고서. 이 얼마나 강건한가? 철학을 공부했지만, 철학이 질병이라고 말할 수 있는 강건함. 자신은 이제 철학을 끝냈으니 대학에 남아 있을 이유가 없다고 말하는 강건함. 이보다 더 삶을 강건하게 살아내었던 사람이 또 있을까?

'로드리게즈(Rodriguez)'라는 가수가 있다. 〈서칭 포 슈가맨(Searching For Sugar Man)〉이라는 다큐멘터리의 주인공이다. 그는 미국에서는 무명에 가까운 가수였으나 몇십 년이 흐른 뒤 지구 반대편 남아공에서 자신도 모르는 사이에 슈퍼스타가 되어 있었다. 미국에서 노숙자와 다름없는 생활을 하던 로드리게즈는 남아공에서 국빈 대접을 받으며 콘서트를 열게 된다. 돈, 명성, 인기를 단숨에 얻었다. 하지만 그는 그 모든 것을 뒤로하며 다시 가난한 삶으로 돌아갔다. 세상 사람들이 그토록 원했던 것들을 얻었지만, 그는 기꺼이 자발적 가난을 택했다. 이보다 더 강건한 사람을 본 적이 없다. 손만 뻗으면 얻을 수 있었던 부유함을 버릴 수 있는 그는 얼마나 강한가.

무엇을 얻으면 강해질 수 있다고 믿는 건 순진한 착각이다. 강해지기 위해서는 가진 것들을 버릴 수 있어야 한다. 버릴 수 있는 만큼 강해질 수 있다. '소중하고 중요한 것들을 얼마나 내려놓을 수 있느냐'가 '얼마나 강건하고 당당하게 삶을 살아갈 수 있느냐'를 판가름한다. 갈비뼈 골절로 쉬는 동안 스스로 물었다. "나는 링에서 무엇을 내려놓고 무엇을 버릴 수 있을까?" 그리고 또 물었다. "나는 삶에서 무엇을 내려놓고 무엇을 버릴 수 있을까?" 명쾌한 답을 얻지 못했지만, 이 질문에 답할 수 있을 때 링에서도 삶에서도 조금 더 강해질 수 있다는 것만은 분명히 답할 수 있다.

'최선을 다했어?'라는 폭력적인 말
"최선은 강요할 수 없다.
각자의 최선이 있을 뿐이다"

관장의 선수 지도 방법 중 중점을 두는 것은 샌드백 치기다. '샌드백 칠 때만큼은 진짜 시합이라 생각하고 집중해서 모든 힘을 쏟아서 3분을 채워야 한다!' 선수들에게 입이 닳도록 하는 말이다. 컨디션이 안 좋았던 건지, 운동이 하기 싫었던 건지 시간 때우듯이 샌드백을 두들기고 있을 때였다. 관장은 그런 나를 한동안 바라보더니 다가와 말했다. "형님, 빽(샌드백) 그렇게 칠 거면 안 치는 게 나아요."

순간 뭔가 크게 잘못한 기분이 들었다. 남은 시간 동안 죽을힘을 다해 샌드백을 두들겼다. 운동이 끝날 때 즈음 관장은 링에 걸터앉아 있는 내 옆에 와서 앉았다. "저는 형님이 최선을 다하셨으면 좋겠어요. 제가 아까 화를 냈던 건 형님이 최선을 다하지 않아서 그랬어요." 프로 선수가 되겠다는 사람이 대충 시간 때우듯 운동한 것이 못마땅했던 것이다. 하지만 사람 좋은 관장인지라, 그 한 마디가 못내 마음에 걸려서 달래듯 이런저런 이야기했던 게다.

나는 최선을 다하지 않았던 걸까?

체육관에 프로 선수가 두 명 더 있었다. 관장은 그 둘의 훈련이 마뜩잖을 때 따끔하게 한마디씩 한다. 한마디를 하고 나서 덧붙이는 말이 있다. "네가 정말 최선을 다했다고 생각해?" 그 말에 선수들은 기가 팍 죽는다. 아니, 정확하게 말해 자신을 다그치게 된다. 나 역시 그랬다. 관장의 '최선을 다했냐?'는 말에 자학하기 시작했다. '난 나태하고 게을렀어. 더 열심히 해야 해!'라고 되뇌며 자신을 다그치고 있었다.

시간이 지날수록 무엇인가 찜찜해졌다. 오랜 시간 간절히 바랐던 꿈을 이루기 위해 땀을 흘리고 있는데, 어느 순간부터 자신을 부정하고 있는 나를 발견했기 때문이었다. 콤플렉스 같은 꿈을 이뤄 나를 긍정하고 싶어서 복싱을 시작했다. 하지만 그 과정에서 '나는 늘 최선을 다하지 않는 나태하고 게으른 놈이었어!'라는 부정적 인식이 커지고 있었다. 찜찜함의 정체를 고민하면서 알게 되었다. '최선을 다했냐?'라는 말이 얼마나 폭력적인 말인지 말이다.

냉정하고 객관적으로 내 삶을 돌아봤다. 나는 프로 복서라는 꿈을 이루고 싶은 사람이지만, 동시에 복싱에만 전념할 수 없는 사람이다. 써야 하는 글도 있고, 가장이니 이런저런 일을 하며 돈도 벌어야 하고, 아직 어린아이 둘도 돌봐야 한다. 부정할 수 없는 내 삶의 조건이다. 그 와중에 꿈을 이루기 위해 하루도 빠짐없이 체육관에서 땀을 흘리고 있다. 최선을 다했는지는 모르겠지만, 나름 할 수 있는 것들을 피하지 않고 살고 있었던 셈이다.

'최선을 다했어?'라는 폭력적인 말

'최선을 다했냐?'라는 말은 폭력적이다. 어린 시절부터 "최선을 다했냐?"는 말을 수도 없이 들었다. 부모, 선생, 대대장, 상사, 사장에게서 정말 끊임없이 들었다. 언젠가부터 그들이 차라리 윽박지르고 화를 내면 좋겠다고 생각했다. 그랬다면 내 속에 응어리져 있는 것들을 반항하듯 말할 수 있을 테니까. 하지만 그들은 이렇게 말했다. "네가 정말 최선을 다했는지 곰곰이 생각해 봐." 타이르는 듯한 말에 나는 여지없이 나 자신을 부정하게 되었다.

'미셀 푸코'라는 철학자는 이런 기묘한 폭력을 꿰뚫어 보았다. 그는 "최선을 다했어?"라고 말하는 권력을 '생명 권력'이라고 말한다. '생명 권력'은 쉽게 말해, 알아서 기게 하는 권력을 의미한다. 결코 때리거나 고문하는 권력이 아니다. 감시하고 길들이고 훈육하는 권력이다. 자상한 부모·선생·대대장·상사·사장의 권력이 바로 '생명 권력'이다. 그들은 결코 윽박지르거나 때리지 않는다. 조용히 감시하며 미소를 띠고 길들이고 타이르듯 훈육한다. 그 과정에서 우리는 자신을 부정하며 알아서 기게 된다.

"최선을 다했어?"라는 말은 '생명 권력'의 언어다. 그 '생명 권력'의 언어는 집요하게 자책감을 주었다. 나의 나태함, 게으름으로 부모·선생·대대장·상사·사장을 실망시켰다는 자책감에 시달렸다. 그렇게 그 긴 시간 나를 부정할 수밖에 없었다. 자신을 부정했던 만큼 자신을 가학적으로 몰아쳤다. 그들이 말했던 최선을 다하기 위해서. 부모·선생·대대장·상사·사장은 나를 그렇게 길들이고 훈육했다. 자신이 원하는 말잘 듣는 아들, 학생, 부하, 직원으로 기르기 위해서 말이다.

하지만 아무리 열심히 한들 소용이 없었다. 가학적인 노력 이후에도, "최선을 다했어?"라는 말 한마디면 여지없이 '나는 아직도 게으르고 나태한 인간이야!'라고 되뇔 수밖에 없었으니까. 또 그렇게 그들이 원하는 최선에 더 다가서려 발버둥을 쳤다. "최선을 다했어?"라는 말은 상대를 자기 부정으로 몰아넣는다는 측면에서, 그리고 그 자기 부정을 해소하기 위해 가학적인 노력을 끊임없이 스스로 강요하게 된다는 측면에서 폭력적이다.

각자의 최선이 있을 뿐이다

"최선을 다했냐?"라는 질문은 "넌 왜 내가 원하는 대로 살지 않냐?"로 바꿔 말할 수 있다. 부모가 늘 했던 "최선을 다해서 공부했어?"라는 말은 결국 "넌 왜 내가 기대하는 만큼 성적이 안 나오니?"라는 말이었다. 힘든 제초 작업을 마치고 쉬고 있을 때 대대장의 "오늘 최선을 다했어?"라는 말은 사실 "왜 내가 원하는 만큼 제초 작업이 안됐지?"라는 말이었다. 상사의 "황 대리, 이 보고서 정말 최선을 다한 거 맞아?"라는 말은 "왜 내 맘에 안 들게 보고서를 작성해 왔지?"라는 말이었다.

'나는 최선을 다하지 않는 게으르고 나태한 인간이야!'라며 자신을 부정하고, 또 그 끔찍한 자기 부정을 해소하기 위해 가학적인 노력을 계속하면서 깨닫게 된 것이 있다. 그건 누구도 한 사람에게 최선을 물을 수 없다는 사실이다. 각자에게는 각자만의 최선이 있기 때문이다. 고백하자. 한동안 체육관에 어린 프로 선수들을 보며 그들이 최선을 다하지 않는다고 생각한 적이 있다. 이런저런 핑계를 대며 훈련을 빼먹기도 하고 운동 중에 집중하지 않는 것처럼 보인 적도 많았다.

하지만 그 친구들과 이런저런 대화를 나누며 알게 되었다. 어린 선수들 역시 나름대로 최선을 다해서 살고 있다는 걸. '복서로 살아서 밥이나 먹고 살 수 있을까?' '이 길이 정말 내 길이 맞는 걸까?'라는 심각한 고민에도 불구하고 애를 쓰며 그 고된 훈련을 하는 거였다. 복서라면, 이십 대 초반의 사람이라면 누구도 피할 수 없는 고민이 깊어졌을 때, 가끔은 훈련에 집중하지 못하게 되는 것뿐이다. 또 친구에게 그 깊어진 고민을 털어놓기 위해 가끔 훈련을 빼먹는 것일 뿐이다. 나도, 그 친구들도 각자 처한 환경에서 각자의 최선을 다하고 있다.

두 가지 다짐

두 가지를 다짐했다. 하나는, 이제 누군가가 강요하는 최선에 휘둘리지 않겠다는 다짐이다. 관장에게 말했다. "저는 복싱을 포기하지도 않겠지만, 그렇다고 복싱만 할 수도 없는 상황이에요." 그건 일종의 '나에게 최선을 강요하지 말라!'는 선언이었다. 관장은 불편했을 법한 이야기에 "네, 이해해요. 이제 형님 상황을 좀 더 고려해야겠어요."라고 답해 주었다. 관장 같은 사람을 만날 수 있어 얼마나 다행인지 모른다. 만약 관장이 앞뒤 꽉 막힌 꼰대 같은 관장이었다면, 대판 싸우고 그 길로 복서라는 꿈을 접었을지도 모를 일이었으니까.

또 하나의 다짐은 앞으로 더 나이가 들어도 누군가에게 "최선을 다했어?"라고 묻지 않겠다는 것이다. 게으른 사람은 없다. 적어도 나는 그렇게 믿는다. 만약 누군가 게으르게 보인다면, 그건 순전히 나의 관점에서 그를 판단한 것이다. 나는 그가 어떤 삶의 조건에 처해 있는지 모른다. 노숙하고 구걸을 하는 사람들조차 그들의 삶이 어떠했는지, 그가 어떤 상처를 입었는지를 알게 된다면, 쉽게 그들을 나태하다고 단정 짓지 못할 테다.

누구도 타인에게 최선을 물을 수 없다. 아무리 게을러 보이고 나태해 보이는 사람일지라도 모두 저마다의 최선을 다해 살아가고 있기 때문이다. 누군가에게 최선을 묻고 강요하고 싶을 때는 언제나 자기 최선의 기준에서 그것이 못마땅하기 때문이다. 그게 폭력이다. 그래서 누군가 강요하는 최선을 받아들일 필요가 없는 것이다. 자신이 살아내고 있는 삶의 맥락 안에서 각자 최선을 다해 살면 된다. 그리고 그 결과를 겸허하고 의연하게 받아들이면 된다. 이제 누구에게도 최선을 다했냐고 묻지 않을 테다. 그저 내가 할 수 있는 최선을 다하며 살 것이다.

변덕스러운 겁을
잠재우는 법

거의 모든 스포츠에서 신체적 능력은 가장 중요하다. 축구장, 농구장, 수영장에서는 신체적 능력이 뛰어난 사람이 그 운동을 빨리 배우고 잘하게 된다. 하지만 복싱 체육관에서는 그렇지 않다. 체육관에서 많은 사람을 만났다. 그중에는 탁월한 운동 신경을 가진 사람도 많았다. 그들 중 대부분은 당황하거나 좌절했다. 어린 시절부터 몸으로 하는 운동은 늘 빨리 배우고 잘했는데 복싱만은 그렇게 되지 않아서 당황했다. 그 당황이 길어져서 좌절하는 사람을 많이도 보았다.

왜 그런 일이 일어났던 걸까? 겁이다. 겁나서 그런 것이다. 한 뼘도 안 되는 거리에서 서로 치고받아야 하는 상황은 누구라도 겁이 난다. 겁이 나면 신체는 즉각적으로 반응한다. 온몸에 힘이 잔뜩 들어가고, 호흡은 가빠지고, 움직임은 둔탁해진다. 겁이 나면 아무리 신체적 능력이 좋은 사람일지라도 몸치가 된다. 다른 운동은 한 달만 배워도 곧 잘했던 사람이 복싱은 1년을 배워도 제자리걸음을 하게 되는 이유가 여기에 있다.

"복싱은 나랑 안 맞는 운동이야."라는 말을 남기고 체육관을 떠나는 사람이 더러 있다. 그건 정확히 말해 "겁이 나서 못 하겠어."라는 말이다. 겁이 남긴 그 당황과 좌절을 감당하지 못하고 체육관을 떠나는 것이다. 프로 선수나 지도자들은 이런 문제를 정확히 알고 있다. 그래서 그들은 체육관에서 답답한 심정으로 늘 말한다. "겁먹지 마세요!" 아, 이보다 공허한 말이 있을까? 누군들 겁을 먹고 싶어서 먹겠나. 부지불식간에 겁이 나는 것을 어쩌란 말인가.

겁은 일종의 '자기 보호 장치'다

학창 시절에 혈우병에 걸린 친구가 있었다. 혈우병은 상처가 나면 피가 잘 응고되지 않는 병이다. 같은 반 아이들은 그 친구를 겁쟁이라고 놀렸다. 왜 안 그랬을까? 체육 시간에 축구하는 것도 겁을 냈고 심지어 책장을 넘기는 것마저 겁을 냈으니까. 그렇다. 겁은 상처에 대한 기억이다. 상처 입었던 기억이 많은 사람은 겁이 많고, 그런 기억이 적은 사람은 겁이 적을 수밖에 없다. 혈우병이 있던 친구가 유독 겁이 많았던 것도 그래서였다. 그는 얼마나 많은 상처의 기억이 있었을까. 작은 상처에도 피가 멈추지 않아 아파했던 기억 말이다. 그 친구가 겁이 많은 것은 당연한 일이었다.

겁에 대한 개인차도 설명할 수 있다. 그 개인차는 육체의 문제에서 기원한다. 튼튼한 육체를 갖고 살았던 이들은 겁이 적다. 마찬가지로 유약한 육체를 갖고 살았던 이들은 겁이 많다. 튼튼한 육체에는 상처에 대한 기억이 적게 각인되었을 테고, 유약한 육체에는 상처에 대한 기억이 많이 각인되어 있을 테니까.

겁은 일종의 자기 보호 장치다. 겁을 통해 자신을 보호할 수 있다. 혈우병에 걸린 친구가 겁 없이 생활하면 자신을 보호할 수 없다. 약한 육체를 가진 사람이 겁이 많은 것도 마찬가지다. 그들은 겁을 통해 자신을 지켜나가고 싶은 것이다. 겁은 수치스럽거나 부정적인 것이 아니다. 겁이 난다는 것은 자연스러운 현상이다. 자기를 보호하고 싶지 않은 사람은 없으니까.

'겁먹지 마'라고 다그치는 사람이 체육관마다 꼭 한 명씩 있다. 그들은 둘

중 하나다. 튼튼한 육체를 갖고 있던 사람이거나 타인의 고통에 대한 감수성이 없는 사람이거나. 튼튼한 육체 덕분에 상처에 대한 기억이 적은 사람이 있다. 그들은 겁먹은 사람들에게 쉽게 말한다. 겁먹지 말라고. 자신의 고통에는 한없이 민감하면서 타인의 고통에 대해서는 둔감한 사람이 있다. 그들 역시 쉽게 말한다. 겁먹지 말라고.

'겁먹지 마'라는 말은 공허할 뿐만 아니라 폭력이다. '겁먹지 마'라는 말은 결국 '자신을 보호하지 마'라는 말이기 때문이다. 이 얼마나 공허하고 또 폭력적인가. 세상에 자신을 보호하고 싶지 않은 사람은 없다. 그러니 '자신을 보호하지 말라'는 말은 불가능하기에 공허하고, 또 다른 상처를 만들어낼 수 있기에 폭력이다. 그럼 이제 어떻게 해야 할까? 겁을 먹은 채로 복싱을 계속해야 하는 걸까? 아니면 겁을 먹게 하는 복싱은 하지 말아야 할까?

'자기 감옥'으로서의 겁

겁은 자기 보호 장치다. 이것은 자연스러운 현상이다. 하지만 겁이 문제가될 때가 있다. '스피노자'라는 철학자는 '두려움', 즉 겁에 대해 이렇게 정의했다. "두려움이란 우리가 그 결과에 대하여 어느 정도 의심하고 있는 미래 또는 과거 사물의 관념에서 생기는 변덕스러운 슬픔이다." 복싱 스파링을 할 때 겁이 나는 이유가 뭘까? 그것은 다칠 것 같다는 미래를 어느 정도 의심하기 때문 아닌가. 그래서 위축되는 감정이 겁의 정체다. 여기까지의 겁은 자기 보호 장치로서 기능한다.

하지만 스피노자는 겁이 변덕스럽다고 했다. 이게 무슨 의미일까? 스파링이 겁나는 이유는 어린 시절 싸우다 코피가 난 기억 때문이다. 하지만 코를 보호해 주는 헤드기어를 끼고 14온스 글러브를 끼면 스파링하다 코피가 날 일은 거의 없다. 이런 상태로 스파링을 해도 다치지 않는다는 것을 머리는 안다. 하지만 변덕스러운 겁은 우리를 자꾸만 어린 시절 코피 났던 기억으로 데려다 놓는다.

겁이 변덕스러워질 때, 겁은 '자기 보호'가 아니라 '자기 감옥'이다. 자기 보호 장치로서의 공간은 어디일까? 집이다. 집은 익숙하고 안전해서 자신을 보호할 수 있다. 겁은 집으로 상징된다. 그래서 겁이 나면 집에 가고 싶은 것이다. 겁이 나면 집에 가야 한다. 그건 자연스러운 현상이다. 하지만 집에 가는 이유는 다시 집 밖으로 나오기 위해서다. 집에 영원히 머무르기 위해 집으로 가는 것이 아니다.

변덕스러운 겁을 잠재우는 법

밖으로 나오지 못하게 하는 집은 감옥이다. 마찬가지로 계속 겁먹은 상태로 있는 것도 감옥이다. 한 인간으로서 겁을 느끼는 것은 당연하다. 하지만 우리 마음이 겁을 자꾸 확대 재생산하는 것은 막아야 한다. 변덕스럽게 확대 재생산되는 겁을 막지 못한다면 우리는 스스로 감옥에 갇히게 된다. 집 밖으로 영원히 나오지 못하고 자신의 세계에 갇혀 버린 자폐증 환자들처럼 말이다.

겁을 수치스럽게 여길 필요 없다. 겁은 부정적인 것이 아니다. 다만 그것이 변덕스럽게 확대 재생산될 때 문제가 될 뿐이다. 이를 막는 방법은 간단하다. 매일 한 발자국씩 집 밖으로 나서면 된다. 집을 나서 체육관 문을 여는 한 걸음이면 된다. 문을 열고 들어와 링으로 올라서는 한 걸음이면 된다. 작은 한 걸음 한 걸음이 쌓여서 변덕스러운 겁을 잠재울 수 있다. 겁은 나지만 그 겁이 제멋대로 날뛰는 것을 제어할 수 있을 때 보이지 않았던 것이 선명하게 보인다. 링 위로 한 걸음을 나섰을 때 복싱의 진정한 즐거움을 느낄 수 있는 것처럼, 집 밖으로 한 걸음 나서 여행을 떠날 때 인생의 참 즐거움을 알 수 있다.

스파링

맞을 수 없다면, 때릴 수 없다
"진짜 자신감은 맞으면 생긴다"

초등학생 때 즈음이었을까? 허름한 복싱 체육관을 문밖에서 엿본 적이 있었다. 관장처럼 보이는 사람은 글러브를 단 나무 막대기를 들고 서 있었고, 선수처럼 보이는 사람은 두 손을 뒤로 한 채 그 앞에 서 있었다. 관장처럼 보이는 사람은 나무 막대기의 글러브로 선수를 퍽퍽 때리기 시작했다. 그러면서 이렇게 말했던 것 같다. "평소에 이렇게 단련을 해 놔야 시합 때 이긴다!"

지금 생각하면 황당하고 당황스러운 훈련법이다. 복부는 맞으면 단련이 된다. 하지만 얼굴은 단련이 안 된다. 얼굴은 맞으면 맞을수록 더 약해진다. 치과 의사의 말에 따르면, 턱은

한 번 안 좋아지면 그 상태로 유지되거나 아니면 더 나빠지기만 한다. 실제로 안면 맷집이 좋았던 격투기 선수들이나 복서들도 전적이 많아지면서 안면이 약해져 종종 쉽게 다운이나 KO(Knock-Out) 당하기도 한다. 안면을 단련한다고 선수의 얼굴을 때리는 훈련은 황당하고 어리석은 짓이다.

전형적인 '키보드 워리어'였던 나는 복싱 이론만은 중무장하고 있었다. 그래서 프로 복싱을 준비하면서 결코 안면 맷집 훈련은 하지 않았다. 관장 역시 그런 무식한 훈련은 시키지 않았다. 관장은 안면 맷집 훈련 같은 무식한 훈련 대신 정교하고 세련된 복싱 기술을 가르쳐 주려고 했다. 그런 지도 방식이 매우 마음에 들었다.

맞아야만 했다

그런데, 프로 시합을 준비하면서 알게 되었다. 안면 맷집 훈련이 필요하다는 걸. 기술적으로 복싱을 배우고 또 훈련해도 막상 링에 올라서면 아무 소용이 없었다. 이유는 단순했다. 맞는 게 겁이 났기 때문이었다. '맞아도 안 죽어! 훈련했던 거 하면 돼!'라고 아무리 되뇌어도 소용이 없었다. 막상 상대가 전력을 다해 휘두르는 펀치 몇 개를 맞고 나면 여지없이 몸은 굳었고, 움직임도 경직되었다.

어떤 문제든 그 문제를 해결하기 위한 가장 좋은 방법은 정면 돌파다. 맞는 것이 두렵다면 해결책은 간단했다. 맞으면 된다. 안면 맷집 훈련이 필요했다. 안면이 아니라 마음을 단련하기 위해서. 그렇게라도 내 속에 있는 공포심을 극복해야만 했다. 한 스파링에서 아예 '오늘은 제대로 한번 맞아 보자!'라고 마음을 먹었다. 스파링에 올라가서 어떻게 때릴지보다 어떻게 맞을지에 신경을 썼다. 그날 신나게 맞았다. 스파링에서 내려오니 머리가 딩딩 울려서 어지러울 정도였다.

"형님 오늘 왜 그렇게 대주셨어요? 원래 그렇게 안 하시잖아요?" 관장은 그 스파링이 마음에 들지 않았나 보다. 이유를 설명했다. "지금은 복싱 기술보다 맞는 걸 겁내는 걸 고치는 게 더 중요할 것 같아서 그랬어요." 한동안 관장은 말이 없더니 답했다. "그래도 스파링에서 그렇게 대주면 안 돼요. 일단 몸에도 안 좋고. 실력도 안 늘어요." 다음 날 관장은 내가 몸을 다 풀자마자 "형님, 헤드기어 쓰고 (링으로) 올라오세요."라고 말했다.

맞는 훈련도 중요하다

"형님 이제부터 3라운드 동안 저만 공격할 거예요. 형님은 맞기만 하시는 거예요. 피해도 되고 가드 하셔도 돼요." 공이 울리자 관장은 나를 때리기 시작했다. 압박하며 일부러 크게 휘두르며 때렸다. 온 힘을 다해 때리는 척했지만 마지막 순간에는 힘을 뺐다. 맞으면서 알았다. 관장은 안면에 무리가 가지 않는 범위 내에서 맞는 상황을 익숙하게 만들어 주었다. 그렇게 맞는 것에 대한 공포심을 없애 주고 싶었던 것이다.

스파링에서 얻어터지는 게 무식한 훈련법이었다면, 이렇게 맞는 건 세련된 훈련법이었다. 맞는 것을 두려워하는 내게 맞춤형 훈련법이었다. 참 별일이다. 나는 한 대도 못 때리고 내리 3라운드를 맞기만 했는데도 고마운 마음이 들었으니 말이다. 관장과 함께한 맞는 훈련과 몇 번의 스파링을 통해 맞는 것에 대한 공포심이 어느 정도 사라졌다. 그 뒤로는 링에서 상대와 마주 섰을 때, 혹은 상대가 강하게 압박해 들어오는 상황에서도 당황하거나 경직되는 일은 현저히 줄었다.

맞을 수 없다면, 때릴 수 없다

복싱은 불과 두세 뼘 되는 거리에서 순식간에 몇 번씩 주먹이 오고 가는 싸움이다. 아무리 기량이 탁월한 복서라 해도 한 대도 맞지 않고 상대를 쓰러뜨릴 수는 없다. 이 말은 결국 때리기 위해서는 먼저 맞는 것에 익숙해져야 한다는 말이다. 복싱 초심자들이 복싱에 잘 적응하지 못하는 이유는 맞는다는 것에 대한 원초적 두려움 때문이다. 그 두려움을 극복하지 못하면 결국 때릴 수 없기 때문에 복싱을 잘할 수 없는 것이다.

조금 무식하게 들릴 수도 있겠지만, 복싱은 맞는 훈련부터 해야 한다. 적어도 맞는 것에 대한 공포심이 너무 컸던 내게는 분명 그랬다. 한참을 얻어터지는 훈련을 한 후 어느 스파링에서 분명한 변화를 느꼈다. 상대가 수많은 펀치를 쏟아낼 때도 차분하게 상대의 움직임을 볼 수 있게 되었다. 겁이 많았던 나는 맞는 것에 익숙해졌기에 때릴 수 있었다. 맞는 것에 익숙해지면서 복싱에도 익숙해져 갔다.

삶에서 맞는다는 것 그리고 때린다는 것

삶도 복싱과 비슷하다. 삶을 잘 살기 위해서는 때리는 연습보다 맞는 연습부터 해야 한다. 삶에서 '때린다'는 것은 무엇일까? 그건 자신의 의지대로 삶이 잘 풀린다는 의미일 게다. 원하는 직장에 취업하게 되는 것. 직장에서 승승장구하며 승진하는 것. 사업이 잘 풀리는 것. 그 일이 무엇이든 삶이 잘 풀려 무엇이든 할 수 있다고 믿게 되는 상황이다. 링에서도 그렇다. 신나게 때릴 때는 세계 챔피언도 때려잡을 수 있을 것 같다.

삶에서 '맞는다'는 건 무엇일까? 자신의 의지대로 삶이 풀리지 않는다는 의미일 테다. 수십 번은 넘게 이력서를 쓰고 지원해도, 면접 안내 연락 한 통이 오지 않는 상황. 동료들의 승진에 박수만 쳐야 하는 상황. 사업에 갖가지 문제가 발생한 상황. 이처럼 거듭되는 어려움과 실패, 좌절에, 두려움과 절망감마저 드는 상황이 바로 삶에서 맞고 있는 상황일 테다. 링에서도 그렇다. 잔뜩 웅크려 한참을 맞고 있을 때는 '이대로 맞다가는 죽을지도 모르겠다.'는 두려움과 '나는 복싱을 할 만한 사람이 아니었구나.'라는 절망감이 찾아 든다.

세상 사람들은 때리는 것부터 하고 싶어 한다. 왜 안 그럴까? 맞는 걸 좋아하는 사람이 누가 있을까? 맞는 것은 아프다. 그래서 두렵다. 그러니 링에서든 삶에서든 사람들은 때리고 싶어 한다. 하지만 때리고 싶다면 먼저 맞아 봐야 한다. 혹자들은 말한다. 때리는 경험 그러니까 성취의 경험을 통해 자신감을 쌓아 나가는 것이 중요하지 않으냐고. 일견 맞는 말이기도 하다. 삶을 살아가는 데 '난 할 수 있어!'라는 자신감만큼 중요한 덕목도 흔치 않으니까.

하지만 먼저 맞아 보지 않고 때리면서 쌓아 왔던 자신감은 득보다 독이 되는 경우가 더 많다. 지원 한 번 만에 덜컥 취업한 취준생의 자신감. 남들보다 먼저 승진했던 직장인의 자신감. 첫 번째 사업에서 성공한 사업가의 자신감. 이런 자신감은 얼마나 위험한가. 그들이 가진 자신감은 '난 할 수 있어!'라는 자신감이 아니다. '세상 별거 없네!'라는 자신감이다. 이런 자신감을 세상은 자만심과 교만함이라고 부른다. 운이 좋아 맞지 않고 때릴 수 있어 쌓았던 자신감은 없는 것만 못하다.

진짜 자신감은 맞으면서 생긴다. 수많은 실패와 좌절에도 쓰러지지 않고 다시 일어서는 과정을 통해 내면이 단단해지는 것. 그것이 진짜 자신감이다. 자신감, 그러니까 자신을 믿는 능력은 성취·성공의 경험이 아니라 실패·좌절의 경험을 통해 얻게 된다. 링에서 흠씬 얻어터지다 보면 어느 순간 알게 된다. '맞는 것도 별거 아니네!' 이런 근성이 자신감이다. 또 그 뒤에 이어지는 '그럼 이제 내가 공격할 차례구나!'라는 확신이 바로 진짜 자신감이다.

여전히 맞는 것이 두렵다. 링에서 맞고 싶지 않다. 하지만 맞는 것이 두렵다고 피하고 싶지 않다. 링에 올라선 이상 맞는 건 피할 수도 없고, 나도 언젠가는 때려 보고 싶기 때문이다. 여전히 실패와 좌절이 두렵다. 삶에서 실패하고 좌절하고 싶지 않다. 하지만 실패와 좌절이 두렵다고 그걸 피하고 싶지는 않다. 나도 언제나 내 깜냥 안에서 할 수 있는 성공과 성취를 이루고 싶기 때문이다. 그러기 위해서 삶에서든 링에서든 맞는 걸 피하고 싶지 않다. 아니 기꺼이 맞는 연습부터 먼저 하고 싶다.

차가운 복서와의 스파링
"기세로 실력을 이길 수 없다"

프로 시합을 준비하면서 여기저기 스파링을 다녔다. 어떤 스파링은 상대를 압도한 적도 있고, 또 어떤 스파링에서는 주춤거리다가 얻어터진 적도 많다. 긴장된 상태로 스파링을 했던 초반에는 중요한 것이 실력이라고 생각했다. 상대가 나보다 실력이 좋을 때는 스파링이 잘 안 풀리고, 그 반대인 경우는 스파링이 잘 풀린다고 생각했다. 복싱도 결국 스포츠 아닌가. 그러니 당연히 실력이 좋은 사람이 스파링을 압도하는 것이 당연하다고 생각했다.

그런데 녹화된 스파링 영상을 하나씩 보니 의아했다. 움직임이나 자세가 잘 다듬어지지 않은 선수에게 흠씬 두들겨 맞은 적도 많았다. 그보다 더 당황스러웠던 것은 분명 나보다 훨씬 기량이 좋은 상대인데도 내가 압도한 스파링이었다. 무엇이 이런 차이를 만들었을까? 스파링 하나하나를 복기해 봤다. 기억났다. 눈빛이었다. 스파링을 시작하기 전 글러브 터치(일종의 인사 같은 것)를 하며 마주친 눈빛.

실력은 별로였지만 나를 흠씬 두들겼던 아이의 눈빛은 마치 '넌 오늘 죽었어!'라고 말하고 있는 것 같았다. 반대로 기량이 좋았지만 내가 압도했던 상대의 눈빛도 기억났다. 컨디션이 안 좋았던 건지, 나만큼이나 링에 올라설 때 긴장이 되었던 것인지 그의 눈빛은 뭔가 자신감이 없어 보였고, 불안해 보이기도 했다. 그 눈빛에서 그날의 스파링 결과는 이미 어느 정도 판가름난다. 기세는 눈빛에서 나타난다. 그렇다. 결국 기세 문제였다.

복싱은 스포츠이지만 싸움에 가깝다. 싸움에서 중요한 건 기세다. 주눅이 들면 원래 실력을 발휘하기 어렵다. 그러니 기세를 올려서 상대를 주눅 들게 하면 자신의 실력 이상을 발휘하게 된다. 이 사실을 알게 된 후 매번 스파링을 할 때마다 긴장되고 겁이 나도 최대한 내색을 하지 않으려고 노력했다. 기세에서 밀리면 실력 발휘가 잘 안 된다는 사실을 절절하게 알게 되었기 때문이었다.

차가운 복서와 스파링

훈련을 하면서 점점 자신감이 붙기 시작했다. 자신감이 붙으면서 생각했다. '결국 기세가 반이다. 실력 차가 나도 기세로 몰아붙이면 해볼 만하다.' 스파링이 잡혔다. 상대가 나보다 실력이 좋다는 건 알고 있었다. 하지만 상관없었다. 기세를 올려 밀어붙이면 해볼 만하다고 생각했다. 공이 울리고 글러브 터치를 하면서 야수 모드로 돌입했다. 그리고 시작부터 강하게 압박했다. 그런데 뭔가 이상하다. 상대가 같이 기세를 올리는 것도 아니고 그렇다고 겁을 먹은 것 같은 표정도 아니었다.

상대는 무덤덤한 표정으로 가드를 바짝 올리고 공격을 막아내고 있었다. 그 표정은 뭐랄까, 직장인이 출근해서 일하는 것 같은 표정이랄까. 나중에서야 알았다. 가드를 하고 있었던 건 내 공격 리듬을 파악하기 위해서였다. 2라운드가 되었다. 나의 공격 패턴이나 리듬을 파악한 상대는 얄미울 정도로 정확한 아웃복싱(뒤로 물러서며 공격하고 방어하는 복싱)을 구사했다. 내 공격에 빈틈이 생길 때마다 여지없이 공격했다. 난 안면, 몸통 할 것 없이 골고루 맞았다.

여기서 밀리면 계속 얻어터질 것 같았다. 기세를 올려 더 무식하게 밀어붙였다. 바로 그때였다. 쾅. 별이 번쩍했다. 내가 큰 펀치를 휘두르며 들어가는 찰나에 상대가 카운터펀치를 정확히 내 얼굴에 꽂았다. 순간 정신을 잃으며 잠시 다리가 풀렸다. 14온스에 헤드기어가 아니었다면 분명 주저앉았을 펀치였다. 그때부터 기세가 문제가 아니라 살아야겠다고 생각했다. 냉정할 정도로 차가운 상대를 상대로 기세 싸움은 통하지 않았다.

기세로 실력을 이길 수 없다

기세만으로 실력을 이길 수 없다. 모든 일이 그렇다. 실력 없이 강한 자기 확신에 빠지면 헛발질한다. 잘 알지도 못하는 분야에 기세로만 달려들면 진짜배기들에 걸려 망신을 당한다. 기본기나 실력이 없다면 기세는 오히려 위험하다. 역풍을 맞기 마련이다.

모든 분야에 기세는 중요하다. 하지만 기본기나 실력 없는 기세는 없느니만 못하다. 그 사실을 머리와 몸 모두를 통해 배웠다. 복싱을 하면서 실력도 없는데 자신감 있게 달려들다가는 흠씬 얻어터지기 일쑤고, 글을 쓰면서 한 분야에 대한 최소한의 지식도 없이 글을 내갈기다가는 망신당하기 일쑤다.

고백하건대, 나는 분명 앎보다 행동이 앞서는 사람이다. 그래서 더 늦기 전에 복싱을 할 수 있어서 얼마나 다행인지 모른다. 기세만 앞서 달려들다 얻어터져서 얼마나 다행인지 모른다. 그것이 앎보다 행동이 앞서려는 내가, 오늘도 조용히 샌드백을 두들기고, 묵묵히 책을 읽어 나가는 이유다. 링에서든 삶에서든 기세만으로는 안 되니까.

복싱은 위치 싸움이다
"모든 관계는 위치의 문제다"

복싱을 잘한다는 건 뭘까? 연타가 좋은 것일 수도 있고, 펀치가 강한 것일 수도 있다. 하지만 본질적으로 복싱을 잘한다는 건 안 맞고 잘 때릴 수 있는 능력이다. 연타가 좋다는 것은 상대에게 때릴 타이밍을 주지 않고 연속해서 공격할 수 있다는 것이다. 결국 상대에게 맞지 않고 상대를 때린다는 의미다. 펀치가 강하다는 것도 마찬가지다. 한 방으로 상대를 KO 시킨다는 것도 결국 맞지 않고 상대를 때린다는 의미다.

복싱은 안 맞고 잘 때리면 된다. 이 사실에 집중하면 복싱을 잘할 수 있는 구체적인 두 가지 방법을 알 수 있다. 첫 번째는 '거리 조절'이다. 복싱에서는 순간적으로 거리를 좁히거나 넓힐 수 있는, 거리 조절 능력만큼 중요한 것도 없다. 아무리 연타가 좋고, 펀치가 강한 복서라 하더라도 결국 때릴 수 있는 거리로 들어가야 한다. 때릴 때는 거리를 좁혀서 때리고 상대가 공격하려고 하면 거리를 벌려서 방어해야 한다.

모든 훌륭한 복서는 탁월한 거리 조절 능력을 갖추고 있다. 그중에서도 거리 조절을 가장 잘한다고 생각하는 복서가 있다. '매니 파퀴아오(Manny Pacquiao)'다. 그는 몸무게를 20kg 이상 늘려가며 무려 8개 체급을 석권했다. 그렇게 왕좌의 자리에 올라설 수 있었던 데는 탁월한 거리 조절 능력이 큰 몫을 했다. 쉬지 않고 움직이며 자신이 공격할 때는 순간적으로 거리를 좁혀 때리고, 상대가 공격할 때는 순간적으로 거리를 벌려 방어한다. 이 탁월한 거리 조절 능력으로 자신보다 강한 펀치를 가진 무거운 체급 선수들을 차례로 제압했다.

안 맞고 잘 때릴 방법이 하나 더 있다. 그건 '사각 점유'다. 복싱은 일반적으로 상대와 마주 서서 치고받는다. 서로 치고받을 수 있는 거리에 있다면 내가 때릴 수 있으면 상대도 나를 때릴 수 있다. 하지만 거리가 좁혀져도 나는 상대를 때릴 수 있지만, 상대는 나를 때릴 수 없을 때도 있다. 사각을 점유하면 된다. 복싱에서 사각이란, 상대는 정면을 보고 있을 때 나는 상대의 측면에 위치하는 것이다. 이때, 거리가 좁아도 상대는 나를 때릴 수 없고, 오직 나만 상대를 때릴 수 있다.

쉽게 이해가 안 되다면 '바실 로마첸코(Vasyl Lomachenko)'라는 선수를 검색해 보자. '사각 점유'를 가장 잘 활용하는 복서 중 한 명이다. 올림픽 금메달리스트이기도 한 로마첸코의 시합을 보고 있노라면 경이롭기까지 하다. 순간적으로 사각으로 이동해서 상대의 측면에서 공격하는 능력은 타의 추종을 불허한다. 상대가 주먹을 내려고 하면 로마첸코는 이미 상대의 측면에 서 있는 경우가 한두 번이 아니다. 로마첸코처럼 능숙하게 '사각 점유'를 할 수 있다면 안 맞고 잘 때리는 복싱을 할 수 있다.

복싱은 결국 위치 싸움이다

복싱은 결국 위치 싸움이다. '거리 조절'이든 '사각 점유'든 그것은 모두 위치의 문제니까. '상대는 나를 공격하지 못하고 나는 상대를 공격할 수 있는 위치를 얼마나 선점할 수 있는가?' 이것이 복싱의 핵심이다. 유능한 복서들이 '복싱은 다리로 하는 것'이라는 이야기를 할 때가 있다. 이는 복싱에서 위치 싸움이 얼마나 중요한지를 역설하는 말이다. 풋워크가 얼마나 능숙한지에 따라 위치 싸움의 승패가 갈리기 때문이다.

파퀴아오나 로마첸코의 저력은 주먹이 아니라 다리에 있다. 그들의 탁월함을 보려면 주먹을 보지 말고 다리를 봐야 한다. 쉴 틈 없이, 빨리, 그리고 정교하게 움직이는 그들의 다리는 압도적인 거리 조절과 사각 점유를 가능하게 해 준다. 그들은 위치 싸움에서 상대를 압도했기에 정상의 자리에 오를 수 있었다.

실제로 스파링을 해도 그렇다. 연타가 좋고, 펀치력이 좋은 사람들보다 위치 선점이 좋은 선수들이 더 까다롭다. 연타가 좋은 선수나 펀치력이 좋은 선수와 스파링 할 때는 '죽기 아니면 까무러치기'로 마음먹으면 맞고 때리기는 할 수 있다. 하지만 앞뒤로 치고 빠지는 '거리 조절'이 좋은 선수나 어느 순간에 내 측면에 서 있는 '사각 점유'가 좋은 선수는 이야기가 다르다. 그런 선수들과 스파링할 때는 실컷 얻어터지면서 한 대 때리기도 어렵다. 그런 복서는 다 없어졌으면 좋겠다. 이제 그만 좀 얻어터지게. 아니, 나도 한 대라도 좀 때릴 수 있게.

복싱은 위치 싸움이다. 그 사실을 분명히 알게 되었다. 하지만 운동은 머리가 아니라 몸으로 하는 것이다. 그 사실을 알게 되었다고 해도 나는 여전히 거리 조절도, 사각 점유도 잘하지 못했다. 거리 조절을 하기에는 순발력이 부족했고, 사각 점유를 하기에는 풋워크가 부족했기 때문이다. 결국 '머리로 아

는 것과 몸으로 익히는 것은 별개의 문제다'라는 씁쓸한 삶의 진실 하나를 더 깨달은 채 기본기인 풋워크만 한동안 계속해야 했다.

"미친놈아! 스토커냐?"

위치 싸움을 잘하기 위해서 풋워크 연습을 한참 하던 때였다. 친구가 만나자고 연락이 왔다. 술 한 잔이 들어가자 본론을 털어놨다. 결혼하고 싶은 사람이 있는데, 연락을 해도 관심을 보이지 않는다는 것이었다. 어떻게 연락을 했는지 물었다. 매일 아침, 저녁으로 전화하고, 틈날 때마다 문자를 보냈다는 것이다. 그 이야기를 다 듣고, 나는 조용히 친구에게 말했다. "미친놈아! 스토커냐?"

그 친구는 연애 경험이 없다. 공부밖에 몰랐던 그는 좋아하는 이성에게 어떻게 다가서야 하는지 몰랐다. '여자는 자주 연락하는 다정한 남자를 좋아한다.'는 어디선가 주워들은 이야기를 듣고 그랬다고 했다. 갑자기 스파링이 생각났다. 들어가야 할 타이밍에 빠져나오다 얻어터지고, 나와야 할 타이밍에 들어가다 또 얻어터졌던 스파링. 거리 조절을 못 해서 실컷 얻어터진 스파링이 생각났다.

그 친구 역시 나와 비슷했다. 친구가 좋아했던 상대는 분명 부담스러웠을 테다. 왜 안 그랬을까? 그 둘은 같은 직장을 다니지만 팀도 다르고 제대로 된 인사도 몇 번 나누지 못했다. 그런 관계에서 시내 인트라넷으로 연락처를 알아내고 밤낮으로 연락하고 수시로 보내는 문자를 부담스러워하지 않을 사람은 없다. 친구는 연애의 거리 조절에 실패한 셈이었다.

"난 도저히 너를 이해할 수가 없다!"

『저 오늘 회사 그만둡니다!』, 『사표사용설명서』라는 책을 썼다. 그래서인지 가끔 고민 많은 직장인이 나를 찾아온다. 언젠가 사십 대 중반은 넘어 보이는 부장이 나를 찾아온 적 있다. 그는 이제 중간 관리자가 되어 부하 직원들에게 업무를 맡기고 그들을 관리해야 하는 위치가 되었다. 그래서인지 그의 고민은 부하 직원에 대한 것이었다. 고민의 내용인즉슨 한 부하 직원이 업무 지시를 해도 잘 알아듣지 못하고, 보고서 마감 기한을 넘기는 것은 예사고, 지각에 무단결근까지 한다는 것이다. 알아듣게 몇 번을 이야기했지만, 결국 변하는 것은 없었단다. 급기야 하루는 타이르려고 그 부하 직원을 불렀지만 이야기하다 울분이 터져 화를 내며 "난 도저히 너를 이해할 수가 없다!"라고 소리를 질렀단다.

그 부하 직원은 왜 그랬던 것일까? 알 수 없다. 그의 이야기를 들어 본 적이 없으니까. 하지만 부장의 그 많은 타이름과 다그침에도 그가 변하지 않았던 이유는 알 것 같다. 부장은 부하 직원의 상황과 처지를 알려고 노력하지 않았기 때문이다. 그 부하 직원은 사랑하는 이와 문제를 겪고 있을 수도 있고, 가정에 우환이 생겼을 수도 있다. 부장은 그에게 자신이 원하는 부하 직원이 되라고 말했을 뿐, 그가 어떤 곤경과 상황에 처해 있는지 알려고 하지 않았다. 그것이 그 부하 직원이 변하지 않은 이유일 테다.

모든 관계는 위치 싸움이다

링과 삶은 참 닮았다. 어디에서든 위치 싸움을 못 하면 얻어터지게 된다. 친구가 좋아하는 사람에게 호감을 얻지 못한 이유는 '거리 조절'에 실패했기 때문이다. 거리를 좁혀야 할 때와 넓혀야 할 때를 판단하지 못하고 '닥공'(닥치고 공격)을 한 셈이다. '닥공'의 결과는 뻔하다. 얻어터진다. 친구는 좋아하는 상대의 상황과 처지 그리고 자신과의 관계 같은, 섬세하고 조심해야 할 관계에서 무턱대고 들이댄 것이다. 언제 다가서고 언제 물러나야 상대가 불편해 하거나 오해하지 않을지 판단하지 못했다. 그 친구는 앞으로 몇 번의 실전 스파링(연애)을 더 해야 그 거리 감각을 익힐 수 있을 것 같다.

부장의 고민은 '사각 점유'에 실패했기 때문에 발생한 문제다. 링이든 삶이든, 상대의 정면에 서 있으면 치고받는 일 말고 할 게 없다. 부장은 부하 직원의 정면에 서서 그를 평가하고 예단하려고 했다. 그 '정면'은 부하 직원으로서의 모습이다. 하지만 그 부하 직원에게는 수많은 '측면'이 있다. 누군가의 연인, 아들, 친구로서의 모습이 그 '측면'이다. 상대의 '정면'만 보면 한 사람을 입체적으로 조망할 수 없다. 그러니 당연히 그를 이해할 수 없는 것이다. 부하 직원의 사각으로 옮겨 '측면'을 보면, 상대의 정면에 서서 투박하게 치고받는 대신 세련되게 한 사람을 이해할 수 있다. 그때서야 부장은 부하 직원을 더 깊게 이해하고 공감할 수 있게 될 테다.

링에서 위치 싸움을 잘해야 하듯이 삶에서도 분명 그렇다. 나를 둘러싼 많은 관계에서도 위치 싸움이 중요하다. 체육관에서 풋워크를 연습하는 만큼 삶에서도 그래야겠다. 상대의 감정과 처지를 고려하여 섬세하게 다가서고 물러서는 '거리 조절' 능력. 한 사람의 다양한 모습을 볼 수 있게 측면으로 옮겨 가는 '사각 점유' 능력. 이 두 가지 능력을 익힐 수 있도록 애를 써야겠다. 삶 굽이굽이에서 부딪힐 수밖에 없는 수많은 관계의 문제를 조금 더 성숙하게 대처하게 되는 것, 그것이 바로 삶을 잘 산다는 것일 테니까.

앞 손이 중요하다
"두려움, 욕심, 체력 너머"

"앞 손을 내서야 해요." 스파링을 끝내고 아직 숨이 넘어갈 듯 힘든 와중에 들은 핀잔이었다. '앞 손을 지배하는 자가 세계를 지배한다.' 복싱 격언 중 하나다. 앞 손을 잘 사용하는 사람이 이긴다는 의미다. 앞 손은 뒷손보다 위력이 약하기 마련이다. 앞 손은 체중을 실어서 때린다기보다 가볍게 던져야 할 때가 더 많기 때문이다. 반면 뒷손은 체중을 실어서 때리기 때문에 더 위협적이다. 그런데 왜 앞 손을 지배하는 사람이 세계를 지배한다는 걸까?

스파링을 가볍게라도 해 보면 그 이유를 알 수 있다. 앞 손이 주는 이점은 세 가지 측면에서 이야기할 수 있다. 거리 조절, 리듬, 시합 주도. 첫째로, 거리 조절부터 이야기해 보자. 상대에게 닿든 닿지 않든 앞 손을 쉴 새 없이 던질 때가 있다. 그러면 그 사이에 자연스럽게 자신에게 가장 유리한 거리를 확보할 수 있다. 쉴 틈 없이 내는 앞 손이 상대와의 거리를 재는 일종의 줄자 같은 역할을 하기 때문이다. 두 번째 이점은 리듬이다. 맞든 안 맞든 앞 손을 계속 던지면 시합의 리듬을 자신의 쪽으로 가져올 수 있다. 앞 손을 내는 움직임에 맞춰 자연스럽게 몸도 따라 움직이게 된다. 그 리듬에 상대도 자연스럽게 빨려 들어오게 된다. 세 번째 이점은 시합 주도다. 가볍게 내는 앞 손이 상대에게 적중되면 큰 충격은 없더라도, 상대는 초조하거나 혹은 흥분하게 된다. 그와 동시에 위축되거나 혹은 크고 작은 실수를 하게 된다. 이런 상황에서는 시합의 주도권이 앞 손을 던지는 사람 쪽으로 넘어오게 된다.

내가 앞 손을 내지 않았던 이유

앞 손이 중요하다는 것은 다 알고 있었다. 이론은 이미 세계 챔피언이었으니까. 하지만 막상 스파링을 할 때 앞 손이 잘 나오지 않았다. 지난 스파링들을 복기해 보았다. 어느 스파링에서는 상대가 거리를 좁혀 오는데도 속수무책으로 가만히 있었다. 두려웠기 때문이었다. 상대가 내 움직임을 모두 알고 있을 것 같다는 두려움. 그 두려움 때문에 가볍게 던지는 앞 손조차 낼 수 없었다. 스파링에 익숙해져 갈 무렵에는 두렵지 않았다. 다들 크고 작은 두려움을 안고 링에 올라온다는 사실을 알게 되었으니까. 하지만 그때도 앞 손을 내지 못했다. 뒷 손을 크게 휘두르느라 앞 손을 내지 못했다. 욕심이었다. 두려움의 자리에 욕심이 자리 잡았다. 그 욕심을 가득 실은 큰 한 방을 노리느라 앞 손을 내지 못했다. 좌충우돌하며 여러 스파링을 거쳤다. 두려움도 없고, 욕심도 버렸다. 하지만 그때도 여전히 나는 앞 손을 내지 못했다.

무엇이 문제였을까? 체력이었다. 초반에는 부지런히 앞 손을 냈다. 두렵지도 않고, 욕심을 내지도 않았으니까. 하지만 후반으로 갈수록 숨이 턱까지 차고 어깨는 천근만근이었다. '앞 손을 내야 한다' 머리로 생각할 뿐 몸은 달랐다. 좀처럼 앞 손이 나가지 않았다. 관장이 선수들에게 꼭 시키는 마무리 훈련이 있다. 3분 동안 쉬지 않고 앞 손을 내는 연습이다. 팔이 떨어져 나갈 것 같은 그 훈련이 왜 필요한지 그제야 알게 되었다. '두려움'과 '욕심' 너머 '체력' 문제에 도달하고 나서야 알게 되었다.

작가와 복서

작가와 복서는 전혀 다른 사람이라 여겼다. 쓴다는 것과 치고받는 것 사이에는 어떤 공통점도 없는 것처럼 보이니까. 복싱을 하면서 작가와 복서는 닮았다는 생각이 든다. 글을 쓰는 삶을 살면서, 글을 쓰고 싶어하는 이들을 만나면서 깨닫게 된 사실이 있다. 좋은 글을 쓰기 위해서는 세 가지 암초를 넘어야 한다. 두려움, 욕심, 체력. 글을 쓴다는 것은 자신을 내보이는 행위다. 그것은 두려운 일이다. 마치 내밀한 이야기를 잔뜩 써 놓은 일기장을 세상 사람들 앞에 열어젖히는 일이다. 그 두려움을 넘어서지 못하면 늘 웅크리고 있느라 첫 '앞줄'을 시작할 수도 없다. 두려움에 가벼운 '앞 손'을 낼 수 없는 것처럼.

두려움을 극복해도 다시 암초가 기다린다. 욕심. 글 꽤나 썼다는 사람은 욕심이 가득하다. 세상 사람들은 휘어잡는 매혹적인 글을 쓰고 싶다는 욕심. 멋진 글을 써내야 한다는 그 욕심 때문에 가벼운 '앞줄'을 시작하지 못한다. 멋진 KO 욕심에 사로잡혀 가벼운 '앞 손'을 낼 수 없는 것처럼.

두려움도 없고, 욕심을 내지도 않지만 좋은 글을 써내지 못하는 이들이 있다. 그들이 만나게 되는 마지막 암초 때문이다. 체력이다. 글을 정신으로 쓴다고 말하는 이들은 진지하게 글을 써 본 적 없는 이들이다. 글은 체력으로 쓴다. '살아낼 체력'과 '글 쓰는 체력'. 좋은 글은 삶이기에 삶을 잘 '살아낼 체력'이 있어야 한다. 그래야 좋은 글을 쓸 수 있다. 매일 새로운 '첫날'을 잘 살아낼 수 있어야 한다. 삶을 포기하지 않고 끊임없이 '첫날'을 '살아낼 체력'이 없다면 좋은 글을 쓸 수 없다. 숨이 턱까지 차서 '앞 손'을 낼 수 없는 것처럼.

그리고 '글 쓰는 체력'이 있어야 한다. '첫 줄'을 시작할 체력. 첫 줄이 두 번째 줄을 밀어낼 체력. 그것이 '글 쓰는 체력'이다. 영감이 올 때까지 기다려야 한다는 말은 거짓말이다. 엉덩이 붙이고 책상에 앉아 어깨가 아플 때까지 일단 써야 한다. 그렇게 끊임없이 '첫 줄'을 써 내려 갈 수 있는 '글 쓰는 체력'이 없다면 좋은 글을 쓸 수 없다. 어깨가 천근만근이어서 '앞 손'을 낼 수 없는 것처럼.

일상의 '앞 손'을 위하여

비단 작가만 그럴까. 일상을 사는 것도 비슷하지 않을까? 우리네 삶이 꼬여 버리는 순간들이 언제일까? 그건 두려움과 욕심에 빠져 있을 때 아니었던가. 체력이 없어서 아니었던가. 신입사원 시절 갖가지 두려움에 삶이 힘들었고, 시간이 지나 직장에 익숙해졌을 때는 과도하게 욕심을 내느라 삶이 힘들지 않았던가. 그리고 결국은 더 이상 일을 잘 해낼 체력이 없어서 삶이 힘들지 않았던가.

　사랑도 그렇다. 사랑을 시작하지 못하는 이유는 두려움 때문이다. 다시 상처받을 것 같은 두려움. 그 두려움 때문에 우리 삶을 빛나게 해 줄 사랑을 시작하지 못한다. 그 두려움을 지나 누군가를 겨우 사랑하게 되면 이제 욕심을 부린다. 사랑은 소유가 아니라 존재라는 사실을 잊고 욕심을 낸다. 너무 사랑하기에 그를 내 곁에만 묶어 두려는 욕심. 그 욕심 때문에 사랑이 폭력이 되는 경우는 너무 흔하다. 마지막에는 삶의 곡절에 치여 더 이상 사랑할 체력이 없어서 사랑이 끝나곤 한다.

　일상의 두려움이 찾아들 때면 두 눈을 질끈 감고 가볍게 '앞 손'부터 던지면 된다. 새로운 일이 두려울 때 할 수 있는 일들부터 시작하는 것, 그것이 일상의 '앞 손'이다. 욕심이 날 때도 앞 손이다. '인생 한 방이다'는 허황된 거짓말이다. 인생은 앞 손이다. 부지런히 차근히 내는 앞 손으로, 삶은 자기 모습을 찾아간다. 한 번에 잘 될 것 같다는 욕심이 들 때 사소해 보이는 일들부터 시작하는 것, 그것이 일상의 '앞 손'이다.

　그리고 일상의 '앞 손'을 끊임없이 낼 수 있도록 '삶의 체력'을 길러야 한다. 삶에 지치면 앞 손은커녕 움직일 힘도 없으니까. 이것이 가장 중요한 문제다. 결국 삶에서 가장 중요한 것은 체력이다. 삶은 머리가 아니라 몸으로 사는 것이니까.

두려움, 욕심, 체력의 문제를 넘어 일상의 '앞 손'을 낼 수 있다면 삶을 달라질 테다. 삶에 닥쳐오는 여러 가지 문제들로부터 적절하게 거리 조절할 수 있고, 삶의 리듬을 탈 수 있을 테다. 그렇게 삶이라는 시합의 주도권을 내가 쥘게 될 테다. 링에서도, 삶에서도 '앞 손'이 중요하다.

어제보다 더 아름다워지려는
복서들에게

집필실과 체육관. 어울리지 않은 두 공간이 내가 매일 머무는 곳이다. 나는 이 두 공간에서 내 정신과 육신을 돌본다. 집필실에서는 정신을, 체육관에서는 육신을 돌본다. 정신을 돌보는 일도, 육신을 돌보는 일도 혼자 할 수 있는 일이 아니다. 언제나 사람이 있다. 육신을 돌보는 그 곳에서 함께 하는 사람들이 있다.

그네들은 육신을 돌보는 방법만큼, 정신과 영혼을 돌보는 방법은 잘 모른다. 그래서 그들에게 해주고 싶은 이야기가 있다. 어쩌면, 그것은 어울리지 않은 공간을 넘나드는 사람에게 주어진 책무이고, 사람을 사랑하는 사람의 책무인지도 모르겠다.

체육관에는 세 명의 프로 복서가 있다. 여자 복서 한 명과 남자 복서 둘. 다들 저마다의 사연들이 있다. '여자 복서'는 소설을 좋아하는, 맞는 것을 두려워하지 않는 아이다. 사랑하는 법도, 사랑받는 법도 서툰 아이다. 하지만 누군가에게 상처 주지 않을까 고민하는 사려깊은 아이이기도 하다. 사랑하는, 사랑 받는 법이 서툰 사람들이 그렇듯 이 아이도 때론 외롭고 때론 덮쳐 오는 우울과 불안에 잠식당한다.

'남자 복서 1'은 말이 없는, 감성적인 아이다. 거친 운동을 하고 있지만 누구보다 섬세한 감성을 갖고 있다. 말이 없어서 무슨 사연이 있는지는 알 수 없다. 여느 20대처럼, 아니 어느 20대보다 고되고, 불안한 삶을 꾹 참고 복싱을 하고 있다는 것만 어렴풋이 알 수 있을 뿐이다. 간절히 이기고 싶어 했던 시합에서 앞니가 부러져 날아가 버렸다. 섬세한 마음을 가진 아이이 기에, 앞니보다 마음이 더 다쳤을까 걱정되었다.

'남자 복서 2'는 삶 자체가 복싱인, 마음이 약한 아이다. 중학생 때 시작한 복싱을 스물다섯까지 해 오고 있으니, 삶의 절반이 복싱인 셈이다. 긴 세월 복싱을 한 만큼 실력도 좋다. 지금은 한국 챔피언이다. 돈도 안 되는 복싱 에 삶을 걸었다. 그저 복싱이 좋아서. 하지만 여느 이십 대가 그렇듯이 이 아이도 마음이 약한 탓에 때론 흔들리고, 고민도 많다. 대부분의 어른처럼, 후회와 미련에 잠식당한 삶을 반복할까 걱정이 된다.

이 아이들을 어찌 사랑하지 않을 수 있을까?

나의 이십 대는 해야만 하는 일들 때문에 하고 싶은 일들을 놓쳐 버린 시 기였다. 그렇게 하고 싶었지만 '해 보지 못한 것'들이 쌓여 갔다. 나이가 들 면 안다. '해 본 것'보다 '해 보지 못한 것'들 때문에 후회와 미련이 쌓인다는 걸. 또 그 쌓인 후회와 미련 때문에 삶이 엉망이 된다는 것도 알게 된다. 서 른일곱 살에 프로 복서가 되겠다고 마음먹었던 건, 삶이 더 이상 엉망이 되 지 않길 바라는 절박한 외침이었으니까.

이 세 사람이 좋다. 내가 놓쳤던 것을 꼭 부여잡고 살아가는 이 아이들이 좋다. 이 세 아이는 나와 다르다. 이 아이들은 각자의 불안과 걱정, 아픔에 도 불구하고 후회와 미련이 남지 않은 이십 대를 만들어 가고 있다. 그것이 얼마나 힘들며 많은 용기가 필요한 일인지, 용기가 없었던 나이기에 알고 있다. 그들이 지금은 몰라도 시간이 지나면 알게 될 게다. 자신의 이십 대 가 얼마나 아름다웠는지. 내가 놓쳤던 것들을 부여잡고 살아가는 이 아이들을 어찌 사랑하지 않을 수 있을까?

미련도 후회도 남기지 않고 싸워서, 더 근사하고 더 아름다워지길

'살아낸 날'보다 '살아갈 날'이 더 많은 이들은 삶의 가능성을 품고 산다. 하지만 그 삶의 가능성은 축복이 아니다. 무한한 가능성만큼 아니, 무한히 가능하기에 불안한 것이 이십 대 아닌가. 이 아이들에게 고민과 불안, 방황이 왜 없을까? 복싱을 포기해야 하는 이유들이 하루에도 수만 가지 떠오를 테다. 하지만 이 세 사람은 자신들에게 들이닥친 삶을 '해 보지 않고' 도망치지 않는다.

언젠가 '남자 복서 2'가 내게 말했다. "제가 복싱을 정말 좋아하는지 모르겠어요." "네가 복싱을 정말 좋아하는지 아닌지 나도 잘 모르겠다. 그런데 지금은 그냥 복싱, 해라" 그 아이에게 돌린 답이다. 그냥 한 말도, 무책임한 말도 아니었다. 복싱이든 뭐든, 그것을 정말 좋아했는지 그것을 하고 있을 때는 잘 모른다. 시간이 지난 후에 알 수 있을 뿐이다. "그때 나, 그거 참 좋아했었구나!"라고 말할 수 있을 뿐이다. 삶은 그런 거다.

그래서 중요한 것은 '해 보는' 것이다. 자신에게 들이닥친 삶을 일단 '해 보는' 것이 중요하다. 후회와 미련을 남기지 않게 '해 보는' 것이 중요하다. 후회와 미련을 남기지 않고 '해 보는' 삶이 얼마나 근사하고 아름다운 삶인지 이 아이들은 알고 있을까? 아니, 자신들이 얼마나 근사하고 아름다운 삶을 살아내고 있는지 알고 있을까? 어찌 이 아이들을 사랑하지 않을 수 있을까? 매일 어제보다 더 근사하고 아름다워지려는 이 아이들을 말이다.

세 아이 모두 앞으로도 지금처럼, 후회도 미련도 남기지 않고 싸워 나갔으면 좋겠다. 링에서든, 삶에서든. 그렇게 싸워서 더 근사하고 아름다워질 수 있었으면 좋겠다. 그렇게 시간이 흘러, 그 아이들이 내 나이가 되었을 때, "삶은 아름다운 거야!"라고 말할 수 있었으면 좋겠다. 그렇게 자신의 삶과 타인의 삶을 모두 사랑하는 사람이 되었으면 좋겠다.

아모르 파티(Amor Fati!)!

ROUND
06

드디어,
프로 복서

'복싱은 위험해!'라고 말하는 이들에게
"어차피 썩어갈 몸 후회 없이 쓰자"

왼쪽 갈비뼈 골절, 오른쪽 갈비뼈 골절, 고막 파열, 이석증, 왼손 검지 인대 부상, 오른손 약지 인대 부상. 프로 시합을 준비하면서 병원에서 치료받았던 부상이다. 병원에 가지 않고 대충 자가 치유한 부상까지 합하면 훨씬 더 많이 다쳤다. 프로 시합을 준비하면서 크고 작은 부상을 달고 산 셈이다. 복싱은 위험하다. 왜 안 그럴까? 단 몇 주 만에 10kg 이상을 감량해야 하는 일은 몸에 무리가 간다. 때리고 맞는 것에 고도로 훈련된 두 사람이 죽기 살기로 치고받는 것이 어찌 위험하지 않을 수 있을까?

그래서였는지 서른일곱, 조금 늦은 나이에 프로 복서가 되겠다고 했을 때 주위 사람들은 말이 많았다. 복싱에 대해서 잘 모르는 사람들은 "미쳤어? 그 위험한 걸 왜?"라고 말했다. 또 나름 운동 꽤나 해 봤다는 사람은 "골병든다. 나중에 나이 들어서 얼마나 고생하는지 네가 몰라서 그래."라고 말했다. 천 방지축인 내 삶을 비교적 잘 이해해 주는 아내도 "오빠 나이가 몇 살인지 알아?"라고 말했다.

프로 복서를 준비하면서, 그들이 내게 했던 이야기는 대체로 다 옳은 이야기였다는 걸 몸으로 확인했다. 달랑 글러브 하나 끼고 링에 올라가 상대와 죽기 살기로 치고받아야 하는 건 미치지 않고는 하기 힘든 일인 것 같기도 했다. 골병이 들지는 나이가 좀 더 들어 봐야 알겠지만 이곳저곳 몸이 상하고 있다는 건 확실히 느낄 수 있었다. 위험하지 않은 스포츠가 있겠냐마는 직접 상대를 때려야 하는 복싱은 그중에서도 조금 더 위험한 스포츠다. 그걸 부정할 수는 없다.

'복싱은 위험해'라고 말하는 이들에게

복싱은 위험하다. 때리는 것도 맞는 것도 모두 위험하다. 해 보니 알겠다. 때릴 때 잘못 때리거나 타이밍이 안 맞으면 주먹이나 손목이 다친다. 맞는 건 두말 할 필요도 없다. 지쳤을 때 배를 맞으면 자칫 갈비뼈에 금이 가거나 골절될 수도 있다. 또 얼굴을 많이 맞은 날은 혀가 쓸리고 입술이 터지고 코피가 나는 건 예사다. 그보다 많이 맞으면 다음 날에도 머리가 어지럽다. 많은 복서들이 말년에 왜 그렇게 고생하는지 설설하게 알게 되었다.

세상 사람들이 '복싱은 위험해'라고 말하는 건 어쩌면 당연한 일이다. 짧다면 짧지만 또 길다면 긴 게 인생이다. 그런 삶에 건강보다 중요한 덕목도 없다. 손에 깁스라도 해 본 적이 있거나 크고 작은 병 때문에 병원 생활을 해 본 사람은 안다. 몸을 다친다는 것, 혹은 건강에 문제가 생긴다는 것이 얼마나 불편하고 또 삶을 황폐하게 하는지 말이다. 그래서 사람들은 다치지 않고 건강하게 살고 싶은 것이다.

'복싱은 위험해'라고 말하는 사람들은 건강, 안정, 안전을 원한다. 그런 사람들에게 복싱은 위험한, 그래서 미련한 운동처럼 보일 테다. 돈도 안 되는 일을 하느라 건강까지 해치는 건 이해할 수 없는 일이다. 대체로 그런 사람들은 자신들이 현명하고 합리적이라는 사실을 믿어 의심치 않는다. 하지만 항상 건강하고 안정되고 안전하게만 살려는 사람들에게 묻고 싶다. 그렇게 살면 행복한지. 또 계속 그렇게 살면 행복해질 것 같은지.

건강하고 안정되고 안전하게 살려고 애를 쓰는 사람을 한

명 알고 있다. 건강한 삶을 위해 항상 좋은 음식을 챙겨 먹고 때마다 보약도 챙겨 먹는다. 안정적인 삶을 위해 대기업을 그만두고 공무원이 되었다. 안전한 삶을 위해 낯선 곳으로의 여행은 피하고 집에 있을 때도 하루에 몇 번씩 문단속한다. 그보다 더 건강하고 안정되고 안전하게 사는 사람도 없을 것이다. 그는 TV 채널을 돌리다 복싱이나 격투기 시합이 나오면 혀를 차며 말한다. "왜 저 짓들을 하는 거야."

삶은 건강이 나빠지고, 불안정해지고, 위험해지는 과정이다

세상 사람들은 건강, 안정, 안전을 원하지만 모든 삶은 정확하게 그 반대로 흘러간다. 삶에서 건강, 안정, 안전은 허상이다. 아무리 건강했던 사람도 나이가 들면 여기저기 아파지는 게 삶이고, 안정적인 삶을 지켜줄 것이라 믿었던 사람이나 직장도 결국 사라지게 마련이다. 안전하다 믿었던 집 앞에서 떨어지는 물건에 맞아 크게 다칠 수도 있는 것. 그게 삶이다.

건강하고 안정되고 안전하게 살려고 노력하면 행복해질 것 같지만 사실은 그 반대다. 그런 노력은 일종의 강박증이 된다. 언제까지나 젊고 탱탱한 피부를 지키고 싶어 피부과를 들락거리는 사람들을 생각해 보라. 여러 시술에도 하루가 다르게 늙어 가는 자신을 거울 앞에서 확인할 때면 속상하고 불안

할 뿐이다. 안정적이고 안전한 직장을 지키고 싶은 중년의 사람을 생각해 보라. 밤낮으로 일을 하지만 매년 잘려 나가는 동료들을 보며 자신도 떠날 때기 얼마 남지 않았음을 직감하곤, 걱정하고 불안해 할 뿐이다.

건강, 안정, 안전에 집착하는 건 흘러가는 시간을 부여잡으려는 것만큼이나 부질없는 짓이다. 애초 불가능한 것에 집착하는 것만큼 확실히 불행해지는 방법도 없다. 그래서 건강, 안정, 안전에 집착하는 건 언제나 불행을 담보하는 일이다. 물론 굳이 건강을 해칠 필요는 없다. 굳이 불안정이나 위험에 뛰어들 필요도 없다. 가능하면 건강하게 안정적이고 안전하게 사는 게 좋다고 생각한다. 나 역시 가급적 그렇게 살려고 한다.

자신을 소중히 여긴다는 말

세상 사람들은 '자신을 소중히 여겨야 한다'고 말한다. 이 말처럼 크게 오해되고 있는 말도 없다. 자신을 소중히 여긴다는 말은 너무 쉽게 '내 몸을 소중히 여겨야 한다'는 말로 오해된다. 오해다. 진정으로 자신을 소중히 여기는 사람은 때로 자신의 몸을 소홀히 대한다. 자신을 소중히 여긴다는 말은 자신의 욕망에 집중하고 그 과정에서 삶의 지평을 넓혀 간다는 말이다. 그 과정에서 때로는 몸을 소홀히 대할 수밖에 없다.

이름만 들으면 알 만한 대기업을 그만두고 전세금을 털어 세계 일주를 떠난 사람을 알고 있다. 그는 세계 일주를 하면서 좋은 음식을 먹지도 못했고, 때로 위험한 장소에 있었으며, 여행이 끝난 뒤의 삶은 아주 불안정했다. 이보다 더 몸을 소홀히 대할 수도 없을 게다. 그렇다면 그는 자신을 소중히 대하지 않는 사람인가? 아니다. 그는 누구보다 자신을 소중히 여기는 사람이다. 그건 자신의 욕망에 집중했으며, 그 과정에서 삶의 지평을 넓혀 나갔기 때문이다.

몸을 소중히 대하는 건 중요하다. 하지만 결국 몸도 소모품이다. 그러니 몸을 조금 더 오래 건강하게 사용하기 위해서 애쓰는 건 당연하다. 비유하자면 몸은 자동차와 같다. 고장 나지 않게 점검도 받고 소중하게 대해야 한다. 또 운전하면서도 사고가 나지 않도록 조심해야 한다. 하지만 그 노력은 전부 자동차를 타기 위해서다. 여행을 가고, 소중한 사람들을 태워 주기 위해서 자동차가 존재하는 것이다. 그 애초의 목적을 잊어서는 안 된다.

어차피 썩을 몸 후회 없이 쓰자!

몸도 그렇다. 건강을 관리하고 안정되고 안전하게 대해 주어야 한다. 하지만 그 노력은 전부 몸을 사용해 즐겁고 의미 있는 일들을 더 많이 하기 위해서라는 것을 잊지 말아야 한다. 자동차가 소중하다고 매일 닦고 기름칠하고 점검만 받을 뿐, 정작 차를 타고 멀리 여행 한 번 가지 못하는 건 너무 어리석지 않은가. 마찬가지로 건강, 안정, 안전에 집착하느라 취미도, 여행도, 이직도 못 하는 건 어리석은 일이다.

"네가 아직 젊어서 그래. 나이 들면 복싱한 거 후회한다." 나이 지긋한 분이 내게 말했다. 그럴지도 모르겠다. 하지만 어차피 썩어갈 몸 후회 없이 쓰고 싶다. 복싱을 하면서 다치고 몸이 상해서 하게 될 후회보다, 세월이 지나 그토록 하고 싶었던 복싱을 해 보지 못했다는 후회가 더 괴로울 것 같다. 건강하게 오래 사는 것은 좋지만, 후회만 가득 남긴 건강하고 오래 사는 인생은 싫다. 건강한 삶보다 후회 없는 삶이 더 중요하다. 적어도 내게는 그렇다.

위험한 복싱을 멈추고 싶지 않다. 불안정한 작가의 삶을 놓고 싶지 않다. 건강을 해치고, 불안정하고, 위험한 일이라도 나의 욕망이 손짓하는 일이라면 용기를 내어 달려가고 싶다. 즐겁고 의미 있는 일을 하고 그 과정에서 삶의 지평을 넓혀 가는 삶을 멈추지 않고 싶다. 어차피 썩어 갈 몸뚱이 아닌가? 나에게 주어진 이 선물 같은 몸을 아낌없이 사용하며 살고 싶다. 나는 누구보다 자신을 소중하게 대하는 사람이니까.

부상에 대처하는 자세 2
"사랑하는 이들, 두려움의 마지막 도피처"

　　　　　　　새벽에 잠이 깼다. 몸이 조금 무겁게 느껴졌지만 별 이상은 느끼지 못했다. 물 한 잔 마시려고 몸을 일으켰다. '어, 뭐지?'라는 느낌과 함께 어지러움이 엄습했다. 대수롭지 않게 여겼다. 그런데 일어서서 방을 걸어나가려는 순간, 천장이 빙빙 돌았다. 균형을 잡지 못하고 '어, 어, 어' 하면서 그대로 고꾸라졌다. 처음 느껴 보는 느낌이었다. 술을 진탕 마셨을 때의 느낌 같기도 했고, 제자리에서 빙글빙글 돌았을 때 느낌 같기도 했다. 어쨌든 어지러워 균형을 잡을 수 없었고 구토를 할 것만 같았다. 다행히 잠시 뒤 괜찮아졌다. '내일이면 괜찮아지겠지' 하는 마음에 대수롭지 않게 여겼다.

하지만 쉬이 괜찮아지지 않았다. 고개를 갑자기 돌리거나 누웠다가 일어나면 같은 증상이 되풀이되었다. 어디에 이상이 생긴 게 분명했다. 집필실에서 혼자 글을 쓰고 있는데 갑자기 덜컥 겁이 났다. '이대로 쓰러져서 정신을 잃으면 정말 큰일 날 수도 있겠구나.'

병원에 가 봐야겠다고 생각했다. 어지럼증이니, 뇌 아니면 귀에 문제가 있을 터였다. 뇌 쪽 문제는 아니길 바라는 마음으로 일단 이비인후과로 갔다. 의사에게 증상을 설명했다. 의사는 누운 상태에서 이런저런 검사를 했다. 의사는 '이석증'일 거라고 했다. 그게 어떤 병이냐고 물으니 '반고리관에 작은 파편이 발생해서 그 때문에 몸의 자세가 바뀔 때마다 심한 현기증이 유발되는 질환'이라고 말해 주었다.

감량, 스파링, 스트레스

의사는 며칠 지켜보고 차도가 없으면 큰 병원에 가서 뇌 검사를 받아 봐야 한다는 말을 덧붙이긴 했지만 일단 안도했다. 내 상태가 전형적인 이석증 증상과 거의 유사했기 때문이었다. 의사에게 이석증이 왜 생기는지 물었다. 정확한 원인은 알 수 없지만, 젊은 사람에게 이석증이 생기는 건 불규칙한 식사나 과도한 스트레스가 원인인 경우가 일반적이라고 했다.

그도 아니면 교통사고 등으로 머리 쪽에 충격을 받게 되면 이석증이 생길 수도 있다고 했다.

진료를 받고 병원을 나오는 길에 왜 이석증이 발생했는지 알았다. 의사가 말한 세 가지 원인이 내게 동시에 일어나고 있었다. 감량 때문에 불규칙한 식사를 하고 있었고, 프로 시합을 준비하면서 알게 모르게 많은 스트레스를 받고 있었다. 또 일주일에 두세 번 하는 강도 높은 스파링으로 머리 쪽에 반복적으로 충격을 주고 있었다. 모르긴 몰라도 그 세 가지 원인 때문에 새벽에 어지럼증으로 고꾸라졌던 것 같다.

의사는 이석증이 치료될 때까지 과격한 운동은 물론이고, 갑자기 고개를 휙 돌리는 것도 자제하라고 했다. 당연히 머리쪽에 충격을 주는 일도 자제하라고 했다. 누웠다 일어날 때마다 느껴지는 구토를 할 것 같은 어지럼증이 없어질 때까지 그렇게 하라고 했다. 그리고 이석증은 그 어지럼증으로 인해 넘어져서 다치거나 운전을 하다가 사고를 당하는 2차 부상이 더심각하다는 말도 덧붙였다.

복싱, 그만하고 싶어졌다

체육관으로 갔다. 시합이 잡혀 있는 상황이었기 때문에 관장에게 부상에 관해서 이야기해야만 했다. 부상에 대한 자초

지종을 설명했고 치료는 어떻게 해야 하는지에 관해서 이야기했다.

"어지럼증이 없어진 때까지는 좀 쉬어야 할 것 같아요."

"네, 아직 시합 때까지 시간이 좀 있으니까 경과를 한 번 지켜봐요."

"그래야 할 것 같아요."

관장에게는 당분간 쉬어야 할 것 같다고 말했지만 솔직한 속마음은 달랐다. '복싱, 그게 뭐라고 이렇게까지 해야 하나?'라는 생각이 들었다. 주말에 가족들과 나들이 가기로 했지만 그럴 수 없었다. 운전을 할 수 없었기 때문이다. 혹시나 운전 중에 어지럼증이 찾아오면 큰일이 날까 봐 두려웠다. 이대로 계속 무리하다가 정말 더 큰 부상이 찾아오면 어쩌나 걱정도 되었다. 그리고 시합 날짜가 다가올수록 프로 시합을 하다가 큰 부상이라도 당하면 어쩌나 하는 생각이 계속 들었다.

갑자기 찾아온 부상 때문에 이런저런 걱정이 많아졌다. 나중에는 복싱을 그만하고 싶어졌다. 복싱을 좋아하는 마음, 더 늦기 전에 프로 복서라는 꿈을 이루고 싶다는 간절한 소망은 점점 사라졌다. 부상 때문에 체육관에 가지 못했던 시간 동안 자꾸만 이런 생각이 스멀스멀 나를 잠식했다. '복싱, 그만하고 싶다.'

복싱을 그만해야 하는 이유, 가족

몸에 이상이 오고 나서야 정신을 차리게 된 걸까? 부상을 당하고 가장 걱정되었던 건 가족이었다. 아내, 아들, 딸을 보며 많은 생각이 들었다. 프로 복서라는 꿈을 이룬답시고 무리하다 심하게 다치기라도 하면 어쩌나? 아내는 얼마나 힘들까? 또 아이들은 어떻게 될까? 내 이기심으로 사랑하는 가족들을 힘들게 해서는 안 된다는 생각이 머릿속을 가득 채웠다. 점점 복싱을 그만해야겠다는 다짐을 굳혀 가고 있었다.

시간이 흐르면서 이석중은 호전되었다. 어지럼증도 거의 사라졌다. 다시 훈련할 수 있었지만 체육관에 가지 않았다. 부상을 당해서 정신 차렸기 때문이다. 복싱이라는 그 위험한 운동을, 그것도 프로 시합을 하겠다니. 그건 사랑하는 아내, 아들, 딸을 둔 가장이 할 만한 일이 아니라는 것을 뒤늦게 깨달았다. 다행이라고 생각했다. 더 늦기 전에 정신을 차리게 되어서. 체육관에 가는 것을 차일피일 미루면서 관장에게 프로 시합에 나가지 않겠다는 이야기를 어떻게 할지 고민했다.

그러던 어느 날이었다. 예전 직장 동료에게 전화가 왔다. 예전 직장 동료들이 나를 찾을 때 이유는 거의 같다. 직장을 그만두었거나 그만두고 싶을 때다. 이해도 된다. 내가 먼저 직장을 그만두었고, 직장과 퇴사에 관한 몇 권의 책도 내었으니까. 그 역시 마찬가지였다. 그는 직장을 그만둔 이후의 삶이 어떤지, 먹고 살 만은 한지 등 월급쟁이들이 직장이 싫어질 때 하는 흔한 질문들을 쏟아냈다. 그렇게 대화가 이어졌다.

"뭘 그렇게 고민하냐? 어차피 영원히 직장 다닐 수 있는 것도 아닌데. 그만둬도 돼. 안 죽어!"

"나도 알지. 그런데 막상 그만두려고 하니까. 가족들 걱정이 돼서 그렇지!"

"직장 나와서 네가 열심히 살면 되는 거잖아. 네가 겁나고 용기 없어서 직장 못 그만두는 거잖아. 거기서 왜 가족 핑계를 대냐?"

사랑하는 이들, 두려움의 마지막 도피처

그를 만나고 돌아오는 길에 알았다. 중요한 걸 놓치고 있단걸. 그 친구에게 도움을 준 것이 아니라 오히려 도움을 받았다. 집으로 돌아오는 길에 지나온 내 삶이 주마등처럼 스치고 지나갔다. 고등학교 3학년 때, 연극영화과에 가고 싶었다. 하지만 그 이야기를 입 밖에 꺼낸 적도 없다. 점수에 맞춰 아무 관심도 없는 공대에 입학했다. 그때 그런 생각을 했다. '연극영화과는 무슨, 괜한 이야기 했다 사랑하는 부모님을 실망시켜서는 안 돼!'

대학교 4학년 때, 격투기 선수가 되고 싶었다. 여기저기 찾아다니며 운동을 했지만 결국 포기했다. 이런저런 준비를 해서 돈을 많이 주는 회사에 취업했다. 그때 그런 생각을 했다. '이제껏 부모님이 얼마나 고생을 하며 나를 키웠는데, 이제 안정적이고 돈 많이 주는 회사에 들어가서 부모님 호강시켜줘야지!' 질릴 대로 질려 버린 직장을 그만두지 못하고 꾸역꾸역 다닐 때도 그런 생각을 했다. '사랑하는 아내, 아들, 딸을 위해서 직장을 그만두지 않는 거야!'

내 삶을 돌아보면 중요한 순간에 항상 사랑하는 사람들을 위한 선택을 했다. 그런데 그런 선택들이 정말 사랑하는 사람들을 위한 선택이었을까? 아니다. 연극영화과 대신 공대를 갔던 건 부모를 실망시키고 싶지 않아서가 아니라 내 미래에 대한 자신이 없어서였다. 격투기 선수 대신 월급쟁이가 되었던 건, 효도하기 위해서가 아니라 격투기 선수의 삶을 감당할 용기가 없어서였다. 직장을 그만두지 못했던 것도 마찬가지였다. 사랑하는 가족들 때문이 아니라 직장을 떠난 삶을 감당할 자신도 용기도 능력도 없었기 때문이었다.

두려움의 마지막 도피처는 사랑하는 이들이다. 삶을 살다 보면, 심장이 쪼그라드는 것 같은 두려운, 선택의 순간 앞에 설 때가 있다. 그때 이런저런 핑계를 대며 그 두려움을 피하려고 한다. 그렇게 피해 다니는 마지막 도피처는 언제나 사랑하는 이들이다. 그 도피처에서는 다른 사람은 물론이고 심지어 자신마저 속일 수 있기 때문이다. 부모를 실망시키지 않기 위해 꿈을 포기하는 자식은 얼마나 착한가? 효도하기 위해 대기업에 입사하는 아들은 얼마나 대견한가? 가족들을 건사하기 위해 직장을 떠나지 않는 가장은 얼마나 믿음직한가?

시작했으면 끝을 보자

부상으로 정신을 차린 게 아니었다. 부상으로 두려움이 커진 것일 뿐이었다. 그렇게 나는 다시 '사랑하는 이'라는 도피처로 숨고 싶었던 것이다. 정직하게 돌아보니 알겠다. 사랑하는 가족들을 위해 프로 복서라는 꿈을 포기하고 싶었던 게 아니다. 프로 복싱 무대에 서는 그 두려운 일을 포기할 가장 그럴듯한, 그래서 누구라도 설득할 수 있는 핑계를 찾은 거였다. 용기가 없어서 가족들 핑계를 대며 직장을 떠나지 못했던 나의 모습을 또다시 반복하고 있었던 거였다.

냉정히 생각해 보니 그렇다. 이석증? 별거 아니다. 죽는 병도 아니고 금방 낫는다. 프로 시합? 심각하게 다칠 일 거의 없다. 나만큼 내 시합을 걱정하는 관장이 늘 하는 말이 있다. "형님이 큰 거 두 개만 맞으면 전 바로 수건 던질 거예요." 겨우 이석중 하나 때문에 겁을 먹어서 두려움을 스스로 증폭시킨 것일 뿐이었다. 그 증폭된 두려움 때문에 다시 사랑하는 이들 핑계를 대며 도망치려고 했던 것일 뿐이다. 다음 날 곧장 체육관으로 갔다. 시합 날짜를 다시 확인하며 어떤 경우에도 물러서지 않겠다고 다짐했다.

어떤 결정, 선택 앞에서 사랑하는 이들이 아른거린다면, 그건 두려움에 잠식당해 위축되었다는 증거다. 너무나 두려운 어떤 결정, 선택을 피하고 싶은 심리 조작이 시작된 것이다. 사랑하는 이들을 인질로 삼아 내 삶을 정당화하는 비루한 짓은 그만하고 싶다. 지든 이기든 악착같이 프로 복서라는 꿈을 이루고 싶다. 또다시 두려운 결정, 선택 앞에서 사랑하는 이들의 얼굴이 떠오른다면, 다시 다짐하면 된다. "시작했으면 끝을 보자!"

서른일곱 살, 신인왕전에 나서며
"두려움과 설렘 사이에서"

목이 말랐다. 이틀 동안 거의 물을 먹지 못했다. 감량 마지막에는 수분을 빼야 하기 때문이다. 이제 몇 시간 뒤면 물을 마실 수 있다. 당장 내일이 시합이지만, 시합 걱정보다 빨리 계체(체중을 재는 것)를 끝내고 물을 마시고 싶다는 생각밖에 없었다. 차로 두어 시간쯤 달려 계체 장소인 어느 병원에 도착했다. 나만큼 아니, 나보다 더 피골이 상접한 얼굴을 한 복서들이 줄줄이 앉아 있었다. 건드리기만 해도 픽 쓰러질 것 같은 모양새다.

간단한 건강 검진을 받고 계체 장소로 갔다. 프로 복서들은 대체로 계체를 하는 장소에서 상대와 첫 대면을 한다. 나도 그랬다. 가벼운 체급 선수들이 먼저 계체를 하고 내가 제일 마지막이었다. 내가 먼저 체중을 재고 뒤이어 상대가 체중을 쟀다. 체중 확인이 끝난 뒤 마주 서서 파이팅 포즈를 취하며 처음 대면했다. 키는 나보다 작았지만, 우람한 근육질의 복서였다. 상대를 직접 마주하니 약간 걱정되고 긴장되었다.

계체가 끝나고 물을 마셨다. 그리고 감량하느라 제대로 못 먹었던 것들을 마음껏 먹었다. 몸에 탈이 나지 않는 한도 내에서 많이 먹는 것이 좋다. 다음 날 시합 때까지 최대한 많이 먹어서 체중을 늘리는 것이 유리하다. 복서들이 가장 기다리는 날은 시합 날이 아니라 계체 날일 게다. 계체만 끝나면 이제껏 참아왔던 음식들을 잔뜩 먹으리라 간절히 바라고 있기 때문이다.

싸울 준비가 됐다, 그런데도 걱정되고 불안하고 긴장되었다

물도 실컷 마시고, 음식도 원 없이 먹었다. 그제야 제정신이 돌아온 걸까? 이제까지는 '날짜 되면 시합하겠지'라는 막연한 느낌이었다면 그때서야 실감이 났다. '내일이면 진짜 시합이구나!' 계체를 끝나고 돌아오는 길에 관장, 함께 간 친구와 유쾌하게 떠들었다. "상대가 엄청 근육질이던데 긴장되지 않아?" 친구가 물었다. 두렵지 않았다. 근육질의 상대와 대면하고도 그랬다. 그건 내일 시합에 자신이 있었기 때문이 아니라, 더 이상 물러날 곳도, 물러설 수도 없다는 걸 분명히 알고 있었기 때문이었다. 맞는 것도 두렵지 않았고, 다치는 것도 두렵지 않았고, 지는 것도 두렵지 않았다. 상대도 두렵지 않았다. 나는 정말 싸울 준비가 되었다. 하지만 마음 한편에 내일 시합에 대한 걱정·불안이 수그러들지 않았다. 그런 걱정·불안이 스멀스멀 올라올 때마다 의아했다. '나는 이제 정말 준비가 되었다!'고 느꼈기 때문이었다.

내게 프로 복서라는 꿈은 저주였다. "왜 프로 복서가 되려고 하세요?" 프로 데뷔하고 싶다고 처음 말한 날 관장이 물었다. "복싱을 그만하고 싶어서요." 이게 내 대답이었다. 관장은 의아한 표정을 지었지만 정말이었다. 서른여섯 살이 될 때까지 매일 복싱에 시달리며 살았다. '넌 프로 복서라는 꿈에서 늘 도망 다녔던 비겁한 놈이잖아!'라는 내면의 목소리에 지긋지긋하게 시달렸다. 운동을 접고 수능을 준비했던 시절부터, 취업을 준비했던 시절도, 정신없이 바쁜 직장 생활에서도 늘 그 목소리에 시달렸다.

두려웠던 건 근육질의 상대가 아니라
저주처럼 들러붙은 내 꿈이었다

싸울 준비가 끝났음에도 불구하고 여전히 남아 있는 걱정·불안의 정체를 깨달았다. 그건 '시합 후에도 저주를 풀지 못하면 어쩌나?' 하는 걱정과 불안이었다. '시합이 끝난 후에도 여전히 복싱 체육관 주위를 배회하는 유령으로 남으면 어쩌나?' 하는 걱정 때문에 불안했던 것이다. 두려웠던 건 근육질의 상대가 아니라 저주처럼 들러붙은 내 꿈이었다. 아무에게도 말하지 않았기에 다른 사람은 모르지만 나는 알고 있다. 너무나 긴 시간을 비겁한 도망자로 살아왔다는 걸. 긴 시간 자신이 비겁한 도망자라는 걸 인정하며 산다는 건 괴로운 일이다.

시합 날 어떤 감정에 휩싸일지 알 수 없다. '난 왜 이것밖에 안 되는 걸까?'라는 감정일 수도 있고, '드디어 해냈구나!'라는 감정일 수도 있다. '이제 됐다. 이제껏 수고했다'라는 감정일 수도 있다. '아직 남겨진 것이 있구나'라는 감정일 수도 있다. 그것에 대한 답은, 시합이 끝나야 알 수 있을 터였다. 하지만 내게 찾아들 감정이 무엇이든 상관없이 그 감정을 받아들일 준비가 끝났다. 차분하고 담담한 설렘이 찾아들었다.

그제야 정말로, 정말로, 싸울 준비가 진짜 끝났다. 저주처럼 들러붙은 그 꿈에 당당히 맞설 준비가 끝났다. 언젠가 어느 철학자가 '삶은 밀어붙이며 살아야 하는 것'이라는 말을 한 적이 있다. 한동안 그 말을 이해하지 못했다. '삶은 그냥 살면 되는 거지, 뭘 밀어붙여야 한단 거야?' 하지만 나의 한세 시섬에서 보니 알겠다. 삶은 사는 게 아니라 밀어붙여야 한다는 걸. 자신의 한계까지 삶을 밀어붙여 본 사람은 안다. 그것이 얼마나 두렵고 또 설레는 일인지.

밀어붙이는 삶에 대해서

한때 삶이 설레기만 했던 적이 있다. 그건 삶이 무엇인지 잘 몰랐기 때문이었다. 시간이 지나 삶이 두렵기만 했던 적도 있다. 그건 삶에 갇혀 있었기 때문이었다. 삶이 어떤 것인지 알고 나니 삶이 너무 두려웠다. 그 두려움에 잠식당해 삶에 갇혀 버렸다. 삶을 밀어붙인다는 건, 삶이 얼마나 두려운 것인지, 삶이 얼마나 설레는 것인지 동시에 알고 있는 것이다. 그리고 그건 자신이 오롯이 감당해야 하는 자신의 한계점에 서 본 사람만이 알게 되는 느낌이다.

출전 전야, 두려움과 설렘 사이에 섰다. 그제야 비로소 삶을 밀어붙이며 산다는 것이 무엇인지 알 것 같았다. 그것은 의무나 강요가 아니다. 두려움과 설렘 사이에서 좌충우돌하며 삶을 밀어붙이는 건, 권리다. 자신의 삶을 더 의미 있고 풍요롭게 만끽할 수 있는 권리. 나는 앞으로도 계속 삶을 밀어붙이며 살고 싶다.

출전 전야, 어떤 일들이 벌어질지 모르겠다. 이길 수 있을지 아닐지. 혹시 다치지는 않을지. 미련이 더 남지는 않을지. 삶은 닥치기 전에는 모르는 법이다. 하지만 어떤 일이 일어나든 하나만은 다시 다짐한다. 두렵지만 설레고, 설레지만 두려운 유쾌한 모험을 기꺼이 선택하며 살고 싶다. 그렇게 삶을 밀어붙이며 살고 싶다. 그래서 한 번뿐인 삶, 최대한 만끽하며 살고 싶다.

프로 복서, 저주를 풀다!
"굿바이! 자기 부정"

꿈은 이미지로 각인된다. 의사라는 꿈은 하얀 가운을 입고 있는 이미지로 각인되는 경우가 많다. 선생님이라는 꿈은 학생들 앞에 서 있는 이미지로, 작가라는 꿈은 아늑한 서재에서 앉아 있는 이미지로 각인되곤 한다. 이처럼 꿈은 어떤 특정한 이미지로 그 꿈을 가진 사람들에게 각인되어 있게 마련이다.

내 꿈은 프로 복서다. 나에게 프로 복서라는 꿈의 이미지는 멋있게 시합을 하는 장면이 아니다. 관장이 주먹과 손목에 테이핑을 해 주는 장면이다. 테이핑은 선수들이 프로 시합을 나가기 전에 주먹과 손목을 보호하기 위해서 붕대를 감고 테이

프로 고정하는 것이다. 평소 체육관에서 운동을 할 때는 이런 테이핑을 하지 않는다. 말하자면, 테이핑은 진검승부를 앞둔 사람들에게만 허락된 일종의 의식 같은 것이었다. 관장과 마주 앉아, 관장이 내 손에 테이핑을 해 줄 때 만감이 교차했다. 어린 시절부터 그리도 원했던 꿈을 드디어 이룬다는 설렘부터 이제 곧 진검승부를 펼치러 링에 올라서야 한다는 긴장감까지.

링에 서다

테이핑을 한 사람은 링에 올라야 한다. 내 차례가 되었다. 상대와 나는 링에 올랐고 링 아나운서가 선수 소개를 했다. "신길 권투 소속, 황진규"라는 소개가 끝나자마자 "아~악!" 기합을 잔뜩 넣어 시합장이 떠나갈 듯이 소리를 질렀다. 여느 선수들처럼 긴장을 풀려고 한 것이 아니었다. 그건 일종의 다짐 같은 것이었다. '오늘 여기서 후회 남기지 않고 모든 걸 건다!'라는 다짐. '후회와 미련이 남는 시합은 하지 않겠다!'는 다짐.

1라운드가 시작되었다. 링 중앙에 섰다. 상대와 글러브 터치를 한 뒤 시합이 시작되었다. 몇 번의 잽 공방이 이어지며 상대와 가까워졌다. 상대의 펀치에 몇 대 맞았다. 보호 장비 없이 10온스 글러브로 처음 맞아 봤다. 생각보다 맞을 만했다. 그때부터 기세를 올리기 시작했다. 상대를 압박하면서 치고받는 공방이 이어졌다. 상대의 긴장하는 모습이 보였다. 이길 수도 있겠다는 생각도 들었다.

하지만 2, 3, 4라운드까지 진행되면서 실력 차가 났다. 상대가 훨씬 실력이 좋았다. 라운드가 진행될수록 상대의 긴장이 풀리면서 좋은 펀치가 많이 나왔다. 상대는 영리한 아웃복싱(뒤로 빠지면서 상대를 공략하는 복싱 전략)을 구사했다. 그러는 사이에 큰 충격은 없었지만, 복부와 얼굴에 많은 펀치를 허용하면서 점수를 많이 빼앗겼다. 링 코너에서 관장이 "형님, 더 거칠게 몰아붙여야 해요!"라는 주문이 들렸다. 이기든 지든 해볼 수 있는 것을 다하고 싶었다. 그래서 마지막까지 더 거칠게 몰아붙였다.

이보다 더 좋을 수 없는, 판정패

역부족이었다. 판정패했다. 상대의 실력이 좋았다. 나중에 들은 이야기이지만 그날 내 상대가 신인왕 우승을 차지했단다. 판정 결과가 나온 뒤, 링에서 내려왔다. 관장은 "형님, 조금만 더 압박했으면 진짜 이길 수 있었는데……."라며 아쉬워했다. 나는 전혀 아쉽지 않았다. 시합 전날의 걱정과는 달리 후련했다. 30년을 미뤄 둔 숙제를 드디어 끝낸 기분이었다.

말할 수 없이 기분이 좋았다. 단순한 기분 좋음이 아니었다. 밀린 숙제를 끝냈다는 후련함, 무엇인가를 해냈다는 성취감 같은 감정과는 조금 다른 결의 감정이 찾아왔다. 먹먹하고 뭉클한 그래서 무엇인가 벅차오르는 감정이 찾아들었다. 금방이라도 눈물이 터질 것 같았다. 그 감정은 슬픔이 아닌 기쁨의 감정이었다. 이보다 더 좋을 수 없는 그런 기쁨의 감정. 시합을 끝내고 집으로 돌아오는 길에 그 감정의 정체가 무엇이었는지 알 것 같았다.

자기 부정의 흔적

내게는 오래된 자기 부정의 흔적이 있다. 링에 올라설 수 있는 몇 번의 기회가 있었지만 그때마다 번번이 합리적인 변명을 찾았다. "지금은 일단 대학을 가야 할 시기야!" "지금은 취업해야 할 시기잖아!" 그렇게 꿈에서 도망쳤다. 그렇게 대학에 입학했고, 괜찮은 회사에 취업도 했다. 하지만 세상에 공짜는 없는 법이다. 꿈에서 도망친 대가로 어디에 있든, 무엇을 하든, 내면 깊은 곳에 자리 잡은 스스로에 대한 깊은 불신에 시달려야 했다. "넌 결국 실전이 두려워 도망치는 비겁하고 용기 없는 놈이잖아!"라는 자기 불신.

삶의 한계점에 설 때면 내면에서 스멀스멀 올라오는 목소리가 있었다. '네까짓 게 그런 걸 할 수 있는 사람인 것 같아?' 그 목소리에 압도되어 한 발을 내딛지 못하고 얼마나 뒷걸음질 쳤던가. 내게 남은 자기 부정은, 꿈에서 도망친 대가로 들러붙은 자기 불신의 흔적이었다. 알고 있었다. 어디서부터 잘못되었는지. 실전이 무서워 도망친 바로 그 순간, 자기 부정은 시작된 게다. 또 알고 있었다. 복서라는 꿈을 우회하고선 지겨운 자기 부정을 끝낼 수 없다는 사실을.

굿바이! 자기 부정

알겠다. 시합을 끝내고 먹먹하고 뭉클하게 벅차올랐던 그 형언할 수 없는 감정의 정체를. 이제 더 이상 자신을 부정하지 않게 되었다는 북받침이었다. 왜 안 그랬을까? 그 자기 부정 때문에 얼마나 긴 시간 괴로웠던가? 무엇을 하든 깊은 내면 어딘가에서 들려오는 '네까짓 게 그걸 할 수 있다고?' 그 목소리에 얼마나 짓눌렸던가. 한참을 치고받고 링에서 내려올 때, 그 긴 시간 나를 옥죄고 괴롭혔던 그 자기 부정에서 벗어날 수 있음을 확신했다.

2016년 4월 16일, 프로복싱 데뷔전을 치렀다. 판정패했다. 하지만 상관없다. 긴 시간 나를 부여잡고 있던 부정적 자기 인식에서 자유로워졌으니까. 더 이상 도망치는 삶을 살지 않아도 될 것 같다. 나는 꿈을 이뤘다. 아니 저주를 풀었다. 그래서 자기 부정에서 벗어났다. 이제 내 앞에서 어떤 삶이 펼쳐지더라도 조금 더 당당하게 삶을 살아낼 수 있을 것 같다. 좋은 작가로서 조금 더 당당하게 독자들 앞에서 설 수 있을 것 같다. 또 좋은 아빠로서 조금 더 당당하게 아이들 앞에 설 수 있을 것 같다. 굿바이! 자기 부정.

복싱이 주는
절정의 쾌감

복싱이 좋다. 단순히 상쾌하게 땀을 흘릴 수 있어서가 아니다. 두세 뼘의 거리 안에서 두 사람이 있는 힘껏 치고받는 절정의 긴장감이 만들어내는 희열이 있다. 거의 오르가즘에 버금간다. 둘이서 그렇게 치고받는 상황일 때면 아무 생각이 없어진다. 동물처럼 순간적인 반응으로 치고받을 뿐이다. 그 느낌이 좋다. 아무 생각이 없어지고 동물적인 반응만 하게 되는 그 순간의 느낌. 그건 문명화된 인간 사회에서 좀처럼 느끼기 어려운 희열이다. 눈에 멍이 들고, 턱이 아프고, 가끔 어지러워도 그 희열을 멈출 수 없다. 그건 절정에 이르러서야 느낄 수 있는 쾌감이니까.

그러고 보니, 어쩌면 나는 복싱을 좋아하는 것이 아니라 복싱에 중독된 것 같기도 하다. 그 무아(無我)의 절정이 주는 기쁨을 멈출 수가 없기 때문이다. 그런데 요즘은 체육관에서 그 희열을 맛볼 수 없다. 컨디션이 떨어진 것도 문제지만, 고막이 찢어졌기 때문이다. 그래서 예전처럼 세게 치고받을 수가 없다. 그래도 매일 줄넘기와 섀도복싱만 하고 샌드백만 치고 싶지는 않다. 지겹다. 고막이 찢어졌어도 치고받고 싶다. 간절하면 방법을 찾게 된다. 요즘에는 가볍게 치고받는 스파링을 한다.

그런 가벼운 스파링은 일반 회원들과는 불가능하다. 얼핏 생각하기에 가벼운 스파링은 일반 회원들이 더 적합할 것 같지만 그렇지 않다. 일반 회원들은 흥분하거나 긴장하거나 혹은 당황해서 자신도 모르게 한 번씩 있는 힘껏 상대를 때릴 때가 있기 때문이다. 고막이 찢어진 것도 일반 회원에게 맞아서였다. 가볍게 치고받는 스파링은 프로 선수들과 해야 한다. 치고받는 것이 일상인 프로 선수들은 스파링에서 흥분, 긴장, 당황하지 않는다. 힘 조절을 거의 완벽하게 할 수 있기 때문에 가벼운 스파링이 가능하다.

치고받고 싶은데 그럴 수 없는 형편이었기에 프로 선수들과 스파링을 했다. 가볍게 치고받는 스파링. 어느 순간부터 가벼운 스파링은 긴장감이 없고 시시해서 그 어떤 몰입의 즐거움을 줄 수 없을 것이라 생각했다. 하지만 인생의 묘미 중 하나는 뜻하지 않은 즐거움을 발견할 때다. 가벼운 스파링을 하며 그 인생의 묘미를 하나를 찾았다. 힘껏 치고받는 절정의 긴장감이 만들어내는 쾌감 말고 또 하나의 오르가즘을 발견했다.

리듬을 타며 느끼는 절정의 쾌감

가벼운 스파링은 세게 치고받지 않기 때문에 몸에 힘이 덜 들어간다. 그래서 더 가볍게 움직일 수 있다. 그렇게 가볍게 움직이다 보면 몸이 리듬을 타기 시작한다. 그렇게 내 몸의 리듬은 상대의 리듬과 조화를 만들어낸다. 정확히는 상대의 리듬에 내 리듬이 동기화된다. 그 순간이 되면, 상대의 주먹을 종이 한 장 차이로 피할 수 있다. 그렇게 피하다 보면, 내가 때릴 수 있는 절묘한 타이밍이 나온다.

그런 움직임이 반복될 때 나는 다시 생각이 없어지고 무아의 상태가 된다. 세게 치고받지 않지만, 내 몸이 리듬을 타고, 내 움직임의 리듬이 상대의 리듬을 빨아들일 때, 나는 없다. 그저 상대의 리듬에 동기화된 나의 리듬에 몸을 맡길 뿐이다. 나는 내가 어떻게 움직이고 있는지 모른다. 그냥 움직인다. 그 순간 말할 수 없는 희열이 찾아온다. 그것이 복싱의 또 다른 오르가즘이다. 이것이 얼마나 큰 희열인지 말로는 정확히 설명하기 어려워 아쉬울 뿐이다.

복싱은 춤과 닮았다. 가볍게 치고받으며 리듬을 탈 때 느끼는 쾌감은, 마치 춤을 추며 리듬을 타며 쾌감을 느끼는 것과 비슷할지도 모르겠다. 그제야 알게 되었다. 왜 복싱 체육관에 항상 음악이 흘러나오는지도. 왜 일류 복서들이 음악에 맞춰 춤을 추는 듯한 연습을 하는지도. 리듬에 몸을 맡길 때 또다시 무아의 경지를 느낀다. 세게 치고받는 스파링이 주는 쾌감은 동물적인 오르가즘이다. 리듬을 타는 가벼운 스파링이 주는 쾌감은 아름다움의 오르가즘이다.

춤은 아름답다. 리듬이 만들어내는 선 때문이다. 리듬에 맞춰 춤추는 움직임이 만들어내는 선은 아름답다. 복싱 역시 그렇다. 어느 순간, 복서들의 움직임이 선으로 보인다. 자신만의 독특한 리듬을 타고 있는 복서들의 움직임은 선을 만들어 낸다. 이것을 말로 설명하기 어렵다. 선이 아름다운 복서들을 직접 보는 수밖에. '호르헤 리나레스(Jorge Linares)'와 '사울 알바레즈(Saul Alvarez)'라는 선수가 있다. 선이 아름다운 복서를 말하라면 이 두 복서를 꼽고 싶다. 이들의 움직임을 보고 있노라면 '복싱은 아름답구나!'라고 감탄하게 된다. 이들의 독특한 리듬이 만들어내는 선이 얼마나 아름다운지 모른다. 복싱의 진정한 매력은 치고받음에 있는 것이 아닐지도 모르겠다. 독특한 리듬이 만들어내는 그 아름다운 선이 복싱의 또 다른 매력이지 않을까.

복싱은 혼자 하는 스포츠가 아니다

한동안 복싱을 고독한 스포츠라 여겼다. 리듬이 주는 쾌감을 느낀 후 생각이 바뀌었다. 복싱은 둘이서 하는 스포츠다. 복싱의 묘미가 상대를 때려눕히는 것에만 있는 것이 아니다. 서로의 리듬을 맞춰가는 것, 이것이 복싱의 또 다른 묘미다. 복싱이 춤이라면, 그 춤은 혼자 추는 춤이 아니다. 함께 추는 춤이다. 내 몸이 리듬을 타고, 상대의 리듬에 나의 리듬을 맞춰 가는 춤. 복싱에서 리듬을 타려면 상대방과의 절묘한 조화가 필요하다. 이것이 일반 회원들과 리듬이 주는 쾌감을 경험할 수 없는 이유다. 춤에 익숙하지 않은 사람은 박자를 놓치고 리듬을 탈 수 없으니까 말이다.

복싱에 익숙하고 능숙한 사람과 스파링을 하면 서로의 리듬을 맞춰 갈 수 있다. 마치 춤에 익숙하고 능숙한 두 사람이 춤을 출 때 리듬을 타며 쾌감을 느낄 수 있는 것처럼. 이것이 내가 요즘 죽일 듯 치고받는 스파링 대신 상대를 배려하며 가볍게 스파링을 하는 이유이기도 하다. 몇 대 맞더라도, 일반 회원들이 복싱이라는 춤에 익숙하고 능숙해지도록 도와주고 싶다. 그들을 위해서가 아니라 나를 위해서 말이다. 체육관에 함께 춤을 출 수 있는 사람들이 많아야 더 자주 쾌감을 느낄 수 있을 테니까. 복싱은 결코 혼자 하는 스포츠가 아니니까.

복싱이 주는 두 가지 오르가즘은 결국 모두 무아의 상태에서 온다. 서로 죽일 듯이 치고받는 절정의 긴장감이 만들어내는 무아의 상태. 그리고 가볍게 움직이며 리듬에 몸을 맡길 때 찾아오는 무아의 상태. 요즘 나는 리듬의 오르가즘에 더 매혹된다. 나이 들어 가는 내 육신이 치고받는 절정의 긴장감을 오래 버티지 못할 것이란 걸 알고 있기 때문이다. 체육관에서 더 많은 사람과, 조금이라도 더 오래 리듬을 타며 복싱을 하고 싶다.

리듬을 타며 흠뻑 땀을 흘리고 체육관을 나설 때 문득 그런 생각이 들었다. 내 삶 전체가 만들어내는 리듬은 어떤 리듬일까? 그리고 그 리듬이 만들어내는 선은 어떤 모습일까? 시간이 지나, 나만의 리듬으로 시작된 점과 끝나는 점이 만들어낸 그 선이, 누군가에게 아름다움으로 다가갈 수 있다면 얼마나 좋을까? 나는 아름다운 선을 만들어내는 나만의 리듬으로 삶을 살아가고 싶다. 나는, 복싱이 좋다.

BOXING

ROUND
07

프로 복서,
그 후의 이야기

시합, 그 후 이야기
"꿈을 이루면, 하나의 삶을 종결짓고
새로운 삶으로 나아갈 수 있다"

시합이 끝났다. 다음 날 눈을 떴다. 안 아픈 데가 없었다. 허리는 끊어질 것 같고, 손가락 인대를 다쳤는지 주먹은 쥐어지지도 않는다. 눈에는 피멍이 들었고, 눈동자 실핏줄이 터졌다. 몸 어느 한구석 안 아픈 데 없다. 한없이 무거운 몸과는 달리 마음만은 한없이 홀가분하고 가벼웠다. 나는 분명 더 강건해졌고, 더 유쾌해졌고, 더 자유로워졌다. 시합이 끝난 뒤의 기분은 졸업식을 한 기분과 비슷했다. 인생에서 중요한 관문을 하나 지나올 때 느꼈던 그런 기분이었다.

복서의 삶에서 글쟁이의 삶으로 돌아왔다. 이런저런 부상과 상처가 아물어 갈 즈음 그런 생각이 들었다. 꿈을 이룬다는 건 뭘까? 그건 어떤 의미일까? 뿌듯함, 성취감, 홀가분함을 의미하는 걸까? 아니면 꿈을 이루는 과정에서 부정적 자아와 결별하고 더 강건해져 유쾌한 삶을 살 수 있게 되는 걸 의미하는 걸까? 다 맞는 말인 것 같다. 꿈을 이루고 뿌듯함, 성취감, 홀가분함, 부정적 자아와 결별, 강건함, 유쾌함 그 모든 것들을 맛보았으니까.

하지만 시합을 끝내고 좀 더 시간이 흐르니 조금 다른 생각이 든다. 어떤 철학자가 그런 말을 했다. '삶을 잘 산다는 건, 하나의 삶을 종결짓고 새로운 삶을 시작하는 것이다.' 그게 무슨 말인지 잘 몰랐다. 하나의 삶을 종결짓는다는 말도, 새로운 삶을 시작한다는 말도 납득할 수 없었다. 죽고 다시 태어나지 않는 이상, 어떻게 삶을 종결짓고 새로운 삶을 시작한단 말인가. 하지만 하나의 꿈을 이룬 지금 그때 철학자의 말이 어떤 의미였는지 알 것 같다.

꿈을 이룬다는 건, 발버둥이다

꿈이 없는 사람은 없다. 꿈을 부정하고 은폐하는 사람이 있을 뿐이다. 자신의 상황과 처지 때문에. 그럼에도 불구하고 꿈은 이뤄야 한다. 자신의 삶에 불만족스러운 사람이라면 더욱 그렇다. 그 불만족스러운 삶을 종결짓는 유일한 방법이 마음속 깊은 곳에 숨겨 놓았던 꿈을 이루는 것이기 때문이다. 절대 드러내지 않았던 하지만 내밀한 곳에서 여전히 꿈틀거리고 있는 꿈. 그것을 꺼내지 못하면 지금 불행한 삶은 계속된다.

불행한 삶을 지속하고 있는 사람도 새로운 삶을 꿈꾼다. 하지만 그들은 대체로 새로운 삶을 시작하지 못하고 언제까지나 불행한 삶 속에 머무른다. 불행한 월급쟁이의 삶에서 창업자의 삶을 원했던 사람을 알고 있다. 그는 "내년에는 이놈의 직장 그만두고 창업한다."라는 말을 6년 동안 반복했다. 그는 왜 월급쟁이의 삶을 종결짓지 못했을까? 소망했던 하지만 현실적 조건 때문에 감춰 두었던 꿈을 이루지 못했기 때문이다. 학창 시절 그가 그토록 소망했던 영화감독의 꿈을 이뤄 보았다면 지금 그의 삶은 어땠을까?

꿈을 이룬다는 게 거창한 것이 아니다. 영화감독이 꿈이었다면, 작은 단편 영화를 한 편 만들어 보면 된다. 그 과정에서 그 꿈에서 벗어날 수도 있고, 그 꿈을 좇아 더 훌륭한 영화감독이 될 수도 있다. 그건 단편 영화라는 작은 꿈을 이룬 자신만이 안다. 중요한 건 꿈에 다가서려고 발버둥을 쳐 보는 것이다. 꿈을 이룬다는 건, 어쩌면 성취가 아니라 발버둥일지도 모른다. 꿈을 이루겠다는 발버둥. 그 발버둥의 경험은 불행한 삶을 종결지을 수 있는 내적 능력을 준다.

'앞으로 나아갈 수 있을 것 같다'는 확신

프로 복서가 되었다. 하지만 유능한 복서도 되지 못했고, 성공한 복서도 아니다. 앞으로 복서로 살고 싶다는 마음도 없다. 해 보니 알겠다. 하지만 '다시 앞으로 나아가고 싶다!'는 강렬한 욕망이 꿈틀거린다. 아니 그건 욕망이라기보다 확신에 가깝다. '앞으로 나아갈 수 있을 것 같다'는 확신. 꿈을 이루고 하나의 삶을 종결지었다. 나를 부정하고 불신했던 그 삶을 종결지었다. 그러고 나니 새로운 삶을 시작하고 싶다는 욕망, 그럴 수 있을 것 같다는 확신이 찾아들었다. 링 위에 올라서기 전의 '나'와 링 아래로 내려온 후의 '나'는 분명 다른 '나'다.

꿈을 이루면, 하나의 삶을 종결지을 수 있다. 꿈을 이룬 뒤, 찾아오는 뿌듯함, 성취감, 홀가분함, 유쾌함 같은 감정은 덤일지도 모르겠다. 꿈을 이뤄서 정말 좋은 건 내적 능력을 얻게 된다는 것이다. 이제까지의 삶과 의연히 결별하고, 새로운 삶을 시작할 수 있는 내적 능력. 이제 정말 앞으로 나아갈 수 있을 것 같다. 새로운 삶을 시작할 수 있을 것 같다.

꿈은 이뤄도 그만, 안 이뤄도 그만인 것이 아니다. 적어도 진정으로 행복하고 자유로운 삶을 바라는 이들에게는 그렇다. 꿈은 반드시 이뤄야 한다. 인생에서 한번은, 자신의 소중한 것들을 걸고 반드시 이뤄 내야 한다. 꿈 자체는 선택의 문제가 아니다. 선택할 수 있는 것은 '삶 어디쯤에서 그 꿈을 이룰 것인가?' 뿐이다. 사람들은 자꾸만 꿈을 이룬 이들에게 묻는다. '왜 꿈을 꼭 이뤄야만 하는가?' '꿈을 이루면 무엇이 달라지는가?' 답해 줄 수 없다. 답을 몰라서 아니다. 그 답은 역설적이게도 그 꿈을 이뤘을 때만 알 수 있기 때문이다.

이것이 많은 이들이 꿈에서 도망 다니는 이유인지도 모르겠다. 답지를 손에 쥐지 않고서는 아무것도 시도하지 않으려 하니까. 삶은 터널이다. 끝이 보이지 않는 암흑의 터널. 그 터널 끝에 무엇이 있을지는 오직 그 끝에 도착했을 때만 알 수 있다. 그 칠흑 같은 터널을 그저 달려가 보면 알게 된다. 그렇게 꿈을 이뤄 보면 알게 된다. 하나의 삶을 종결짓는 것이, 새로운 삶을 시작하는 것이 우리네 삶을 얼마나 기쁘고 자유롭게 하는지 말이다.

다시 시합을 나가지 않는 이유

데뷔전이 끝났다. 꿈을 이뤘다. 꿈을 이루는 과정에서 가끔 생각했었다. 꿈을 이루고 나면 복싱을 접어야겠다고. 애초에 복싱을 시작했던 목표가 복싱으로부터 자유로워지기 위해서였으니까. 하지만 프로 복서가 되고 난 이후에도, 거의 매일 체육관에 나가서 운동했다. 재미와 사람 때문이었다. 이제껏 수행하듯 운동을 했다면, 이제 정말 복싱을 즐길 수 있게 되었기 때문이다. 또 꿈을 이루는 과정에서 만난 소중한 사람들이 거기 있기 때문이었다.

"형님, 왜 다시 시합 안 나가세요?" 체육관에 한국 챔피언이 있다. 그가 물었다. 뭐라 답해야 할지 몰랐다. 하지만 그가 왜 그 질문을 하는지는 알고 있었다. 복서는 시합을 통해 성장한다. 시합이 주는 긴장감이 훈련의 밀도와 집중력을 높인다. 또 링 위에서 진검승부를 펼치는 과정에서 낳은 것들을 배워나간다. 예외적인 경우가 아니라면, 5년을 운동하며 2번 시합을 뛴 복서보다, 2년을 운동하며 5번 시합을 소화한 복서가 더 실력이 좋다. 마치 시험이 있어야 공부가 잘되고 아는 것이 쑥쑥 느는 것처럼 말이다.

나 역시 그것을 느꼈다. 시합이 끝나고 나서 복싱 실력이 늘었다는 것을 느꼈다. 보이지 않던 상대의 움직임이 보이고, 안 되던 동작이 자연스레 몸에 익었다. '복싱은 이렇게 하는 거구나!'라는 걸 새삼 느꼈다. 거의 매일 나와 몸을 섞는 한국 챔피언이 그걸 몰랐을 리 없다. 아무 대답도 하지 않는 나를 보며 그는 다시 말했다. "형님, 다시 시합 나가면 이제 이길 수 있을 것 같아요." 그는 아쉬운 것이다. 친한 형이 1패라는 초라한 전적의 복서로 남는 것도, 이제 1승을 할 실력이 되었는데 시합을 나가지 않는 것도.

사실 나 역시 알고 있었다. 시합을 끝내고 난 이후, 몇 년을 계속 복싱하면서 알게 되었다. 이제 시합을 나가면 이길 수 있다는 걸. 물론 진짜 시합에 나가면 어찌될 지 알 수 없는 일이다. 하지만 이길 수 있을 것 같았다. 그건 바람이기보다 확신에 가까웠다. 체육관에서 20대 프로 선수들과 몸을 섞어 운동하면서 자연스럽게 그런 확신이 들었다. 하지만 나는 더 이상 시합에 나가지 않기로 했다. '왜 시합을 다시 나가지 않냐?'고 사람들이 물으면 이렇게 답한다. '나이도 많고, 감량도 어렵고, 잔부상도 많아서요.'

욕망이 흐른다는 것

거짓말은 아니다. 나이도 많고, 감량도 어렵고, 잔부상도 많다. 하지만 그것이 시합에 다시 나서지 않는 진짜 이유는 아니다. 몇몇 사람들로부터 두 번째 시합을 권유받았을 때 다시 처음으로 돌아가 생각해 보았다. '나는 왜 프로 복서가 되고 싶었을까?' 그건 욕망 때문이었다. 나의 욕망. 첫 시합은 나 자신의 욕망을 실현하는 일이었다. 욕망을 실현한다는 것은 단순히 원하는 것을 얻는다는 의미가 아니다. 그것은 욕망을 흐르게 한다는 의미다.

첫 시합은, 긴 시간 내 안에 고여서 썩어 가던 욕망을 흐르게 하는 일이었다. 그래서 첫 시합 이후 더 유쾌하고 씩씩해질 수 있었다. 고여 있던 욕망이 흐르게 되었을 때 자연스럽게 다음 욕망이 흐르게 된다. 억압된 욕망을 흐르게 함으로써 다음 욕망을 드러나게 하는 것. 그렇게 내 안에 있는 욕망이 내 삶을 밀고 나가게 하는 것. 건강하다는 것은 그런 의미다. 그래서 욕망을 실현하는 것은 중요하다. 욕망을 흐르게 함으로써 더 건강해졌다.

다시 시합을 나가지 않는 이유 역시 욕망 때문이다. 프로 복서가 되고 난 이후 흐르게 된 욕망은 두 번째 프로 시합이 아니었다. 내 안에 고여 있던 욕망이 흘러서 다시 만나게 된 욕망은 작가와 철학자로서의 욕망이다. 더 좋은 글을 쓰고 싶다는 작가로서의 욕망, 사람을 더 사랑하는 사람이 되고 싶다는 철학자로서의 욕망. 그것이 고여 있던 욕망이 흘러서 다시 드러난 다음 욕망이다. 나는 이제 작가로서, 철학자로서의 욕망을 따라가고 싶다.

자신의 욕망과 타인의 욕망

다시 시합에 나가고 싶은 마음이 종종 들긴 했다. 나는 사람들에게 주목받는 것을 좋아하는 사람이다. 세상 사람들에게 내가 얼마나 복싱을 잘하는지 보여 주고 싶었다. 세상 사람들 앞에서 승리의 포효를 외치고 싶었다. 다시 시합에 나가면 상대를 이길 수 있다는 확신이 들면 들수록 그 욕망은 높게 고개를 들었다. 이것도 욕망 아닌가? 그렇다면 이 욕망 역시 실현해야 하는 것 아닐까?

아니다. 욕망에는 두 가지 욕망이 있다. '자신의 욕망'과 '타인의 욕망'. 첫 시합이 '자신의 욕망'이었다. 두 번째 시합은 '타인의 욕망'이다. '타인의 욕망'은 불특정 다수에게 인정과 칭찬을 갈구하는 욕망이다. 그래서 그 욕망은 자극적이다. '타인의 욕망'을 실현하면 자극적인 만족이 있다. 인정받고 칭찬받을 때 그 짜릿한 만족. 하지만 타인의 욕망 끝에는 공허와 허무가 도사리고 있다. 모든 자극적인 만족이 그런 것처럼.

이것이 내가 시합에 다시 나서지 않는 또 다른 이유다. 다시 시합에 나가면 이길 것 같다. 그래서 세상 사람들의 인정과 칭찬을 받을 수 있을 것 같다. 그래서 다시 시합에 나서지 않기로 했다. 다시 시합에 나가고 싶다는 욕망은 공허와 허무를 불러오는 '타인의 욕망'임을 알고 있으니까. 그 욕망은 20대 시절 외모를 꾸미고 싶다는 헛된 욕망, 30대 시절 돈을 많이 벌고 싶다는 헛된 욕망의 반복임을 나는 알고 있다.

두 삶을 횡단하는 즐거움

'자신의 욕망'을 이루는 일은 기쁨이고 '타인의 욕망'을 이루는 일은 슬픔이다. 이 삶의 진실은 때로 무의미하게 느껴진다. 누가 슬프게 살고 싶고, 누군들 기쁘게 살고 싶지 않겠는가. 하지만 문제는 '자신의 욕망'과 '타인의 욕망'을 구분하기 어렵다는 것일 테다. 상처받기 쉬운 인간에게 두 가지 욕망은 언제나 중첩되어 있다. '타인의 욕망'과 '자신의 욕망'은 복잡하고 미묘하게 뒤엉켜 있다. 그래서 많은 이들은 '타인의 욕망'을 '자신의 욕망'으로 오해하며 산다. 또 '자신의 욕망'을 '타인의 욕망'이라 오해하는 일도 드물지 않다.

작가와 복서를 횡단했던 지난 몇 년은, 세상 사람들의 말처럼 '돈 안 되는' 쓸데없는 시간 낭비가 아니었다. 복싱은 분명 '자신의 욕망'이었지만, 어느 순간 '타인의 욕망'이 되는 것을 경험했다. '자신의 욕망'이 언제 어떻게 '타인의 욕망'이 되는지 알게 되었다. 이제 두 가지 욕망을 구분할 수 있다. 혼란스럽게 뒤엉킨 '타자의 욕망'과 '나의 욕망'의 경계선을 흐릿하게나마 그을 수 있다. 그 사실 하나만으로 작가와 복서를 횡단했던 시간은 돈으로 환산할 수 없는 소중한 시간이었다.

이제 조금 더 능숙하게 슬픔으로부터 멀어지고 기쁨에 다가설 수 있을 것 같다. 나에게 어떤 욕망이 찾아왔을 때 그것이 '자신의 욕망'인지 '타인의 욕망'인지 구분할 수 있으니까 말이다. 작가와 복서라는 두 삶을 횡단하는 '돈 안 되는' 일을 하지 않았다면 어땠을까? 분명 긴 시간 나 자신도 모르는 사이에 슬픔을 향해 질주하느라 기쁨으로부터 멀어졌을지도 모르겠다. 아찔한 일이다.

넘어야만 하는 산

꿈을 이룬 사람은 이정표가 된다. 저주처럼 들러붙은 꿈을 찾았지만, 그 꿈을 어떻게 이뤄야 할지 모르는 이들에게만 보이는 이정표. 그렇게 나는 누군가의 이정표가 되었다. 적지 않은 이들이 내게 고백했다. 자신 역시 나와 비슷한 꿈이 있다고. 어린 시절, 부조리한 억압과 폭력에 굴복해서 생긴 그 열패감. 그 때문에 수시로 주눅 드는 마음과 결정적인 순간에 멈칫거리게 되는 소심함. 그 모든 것들을 벗어나고 싶다는 꿈을 가진 이들이 있다.

당당하고 싶었던 아이가 있다. 그 아이는 오락실에서 동네 양아치들에게 돈을 뺏겼다. 폭력에 굴복해서 생긴 그 열패감은 마흔을 앞둔 지금까지도 그를 지배하고 있다. 춤추고 싶었던 아이가 있다. 음악에 맞춰 몸을 흔드는 것을 본 친구들이 소리 내어 비웃었다. 폭력에 굴복해서 생긴 그 열패감은 서른을 훌쩍 넘긴 그를 지금까지 지배하고 있다. 그들은 내게 묻는다. 어떻게 해야 그 저주 같은 꿈으로부터 자유로울 수 있는지.

이정표는 간명하게 길을 알려준다. '어린 시절 굴복했던 폭력의 순간으로 돌아가야 한다.' 그들은 다시 묻는다. '어떻게 어린 시절로 돌아갈 수 있느냐?' 말하는 이정표라는 죄로, 다시 친절하게 길을 알려 주어야 한다. '그때의 양아치 같은 이들과 치고받아야 한다.' '그때의 비웃던 친구 같은 이들 앞에서 춤추어야 한다.' 다른 방법은 없다. 그들도 안다. 회사에서 인정받고, 돈을 벌고, 멋진 몸을 만들어도 그 열패감은 사라지지 않았으니까.

꿈과 소질

그 둘뿐만 아니라, 이정표를 본 많은 이들의 반응 한결같았다. "저는 그런 것에 소질이 없어요." "그건 저랑 안 맞아요." 그 말을 어떻게 부정할 수 있을까? 치고받는 운동에 소질 없는 사람이 있다. 춤추는 것이 자신과 안 맞는 사람도 있다. 사실 내가 꿈을 이룰 수 있던 이유도 나에게 어느 정도 복싱에 소질이 있었기 때문이기도 하다. 그걸 부정할 순 없다. 하지만 이정표는 묵묵히 그 길만을 가리킨다. 인생은 언제나 야박하기 짝이 없으니까.

　나 자신이 직접 겪고 극복했음에도 불구하고, 한동안은 저주 같은 꿈으로부터 자유롭고 싶다는 이들에게 명쾌하게 길을 알려 주지 못했다. 나의 예외적 경우를 일반화해서 타인에게 강요하는 폭력을 저지르는 것은 아닌지 걱정되었기 때문이다. 복싱, 춤 등 최소한의 자질도 없는 이가 그것을 하다가 얻어터지고 비웃음을 받아서 마음의 상처만 더 얻으면 어쩌나 걱정이 되었다.

　그러던 어느 날, 그가 결연한 표정으로 복싱 체육관으로 찾아왔다. 동네 양아치에게 돈을 빼앗겼던 그. 그는 다른 이들과 달리, 이정표를 따라 길을 나서 보고 싶다고 했다. 체육관에서 며칠을 지켜봤다. 암담했다. 힘과 체력은 턱없이 부족했고, 뻣뻣한 나무토막처럼 최소의 리듬감도 없었다. 그보다 더 심각한 것은 가벼운 스파링에도 두려움에 벌벌 떨며 몸이 얼어붙는 일이었다. 누가 봐도 복싱에 소질 없어 보였다.

아니나 다를까? 스파링만 하면 얻어터지는 게 일이었다. 심지어 중학생에게도 얻어터졌으니 무슨 힐 밀이 더 있을까? "많이 맞아서 턱에서 딱딱 소리가 난다."는 말에 걱정을 넘어서 후회되었다. '내가 괜한 이야기를 해서 몸과 마음에 더 큰 상처만 생기는 것이 아닐까?' 하는 마음으로 그에게 물었다. "복싱 힘들지 않냐?" 그는 답했다. "수행하는 마음으로 하는 거라서 괜찮아요."

그는 자신을 믿었던 걸까? 아니면 이정표를 믿었던 걸까? 포기하지 않았다. 그렇게 그는 2년 6개월을 체육관에서 수행했다. 운동이 아닌 수행이었다. 시간이 흘러 그의 움직임을 보고 놀랐다. 체력과 힘이 좋아졌고, 나무토막 같던 움직임은 탄력적이고 부드러워졌다. 그보다 놀라웠던 것은 스파링에 대한 두려움을 거의 떨쳤다는 사실이었다. 생활 체육 복싱 대회에서 몇 차례 우승했다. 이제 일반인 중에 그를 이길 사람은 그리 많아 보이지 않는다.

대견한 그에게 물었다. "저주 같은 꿈을 이뤘냐?" 그가 돌린 답은 더욱 대견했다. "꿈을 이뤘는지는 모르겠는데, 이제 시합 날 설사는 안 해요. 예전에는 시합 날 너무 긴장해서 항상 설사했는데. 그 자유로워진 느낌이 너무 좋네요." 그는 오락실에서 양아치들에게 돈을 빼앗겼던 아이를 떠나보냈다. 그가 링에서 수도 없이 치고받았던 상대는 바로 그의 마음속에 있던 양아치들이었다. 그 두려웠던 상대들과 치고받았던 게다. 그렇게 그는 폭력에 굴복했던 열패감을 떠나보냈다. 이제 링 위에서 능숙하게 상대를 압도하는 자신을 만나게 된 것은 그래서일 테다.

넘어야만 하는 산

'안 되는 건 없다. 안 하는 것일 뿐'. 이 표어는 틀렸다. 하지만 '안 느는 것은 없다. 안 하는 것이 있을 뿐'이라는 표어는 옳다. 그의 복서로서의 성장기를 보면서 그것을 분명히 깨달았다. 그는 여전히 프로 복서가 되기에는 부족하다. 하지만 처음 체육관을 찾았을 때와 비교하면 전혀 다른 복서가 되었다. 그거면 된 것 아닌가. 중요한 건 자신만의 산을 넘는 것이다. 넘어야만 하는 산. 그는 그 산을 넘었다. 산을 올라 자유를 얻었다.

넘어야 할 산은 넘어야 한다. 우리에겐 다들 그런 산이 있다. 과거 어느 시점에서 우리를 묶어 버린 그 산. 다른 사람은 속일 수 있어도 끝끝내 자신만은 결코 속일 수 없는 그 산. 반드시 그 산이어야 한다. 다른 산은 아무리 올라봐야 잠시의 성취감을 느낄 수 있을지는 몰라도, 저주 같은 꿈으로부터 자유로워질 수는 없다. 이 빌어먹을 인생은 우리의 소질 따위는 신경조차 쓰지 않는다.

그러니 삶을 잘 살아내고 싶다면 우리 역시 소질 따위는 신경 쓰지 말고 그 산을 기어 올라가야 한다. 그럴 수 있는 담대함과 강건함이 필요하다. 그 담대함과 강건함만 있다면 모두 그 산에 올라갈 수 있다. 그렇게 그 산을 기어 올라간 사람은 모두 아름답다. 춤을 추고 싶어 하던 아이는 그 산을 넘을 준비가 되었을까? 그도 어제보다 더 아름다워질 수 있을까? 나는 기꺼이 그가 더 아름다워지기 위한 이정표가 되어 주어야겠다.

소중하지 않은 싸움은 없다

　　　　　　　　나는 '반달'이다. '반달'은 건달도 일반
인도 아닌 사람을 일컫는 속어다. 완전히 어둠의 세계에서 주
먹을 쓰며 사는 '건달'도 아니고 그렇다고 주먹을 전혀 쓰고 살
지 않는 '일반인'도 아닌 존재. 나는 체육관에서 딱 그런 존재
다. 글을 쓰는 사람이니 주먹을 쓰지 않는 삶을 산다. 하지만
또 체육관에서는 주먹을 쓰는 삶을 산다. 그래서 나는 '반달'이
다. '반달'은 '일반인'들보다 주먹을 잘 쓴다. 그래서 가끔 체육
관 회원들에게 복싱을 가르쳐 주기도 한다. 그러다 보니 체육
관에서 나는 사범인 듯 사범 아닌 사범이다.

　건달이 어둠의 세계에서 싸움을 한다. 프로 복서는 프로 시

합을 한다. 그럼 체육관에서 운동하는 일반인은? 그들은 생활 체육 시합을 한다. 생활 체육 시합이 있는 날이면 시합장으로 간다. 체육관에서 함께 땀 흘리며 운동했던 사람들에 대한 애정 때문이다. 자신만의 싸움을 준비하는 회원들의 코치 역할을 기꺼이 자처한다. 몸 푸는 것을 도와주고, 긴장하지 말라고 이런저런 이야기를 해 준다. 또 시합이 시작되면 링 사이드에서 상황에 맞게 전략 전술을 목청을 높여 말해 준다. 그 모든 일을 나의 싸움처럼 진지하게 임한다.

　나처럼, 아니 나보다 더 진지하게 일반인들의 생활 체육 시합을 코치해 주는 관장과 사범들이 있다. 그들을 보고 어떤 관장이 이렇게 말하는 것을 들었다. "생체 시합을 뭐 저렇게 진지 빨고 있냐? 쪽팔리게. 애들 시합인데." 프로 시합까지 뛴 '반달'이기에 그 말을 이해할 수 있다. 프로 시합에 비하면 생체 시합은 절박감도 위험성도 현저히 낮다. 왜 안 그럴까? 프로 선수는 매 시합에 사활을 걸어야 한다. 생업이니까. 그래서 절박하다. 또 보호 장구 없이 치고받아야 하는 프로 시합은 꽤나 위험하다. 하지만 생체 시합은 취미다. 안전한 보호 장구도 착용한다. 그런 생체 시합을 프로 시합처럼 엄숙하고 진지하게 코치하는 것이 조금은 우스꽝스럽고 낯간지러워 보일 수 있다. 나 역시 그것을 모르지 않는다. 일부 관장이나 사범들은 생체 시합을 우습게 여기거나 장난처럼 대한다.

하지만 생체 시합을 장난처럼 대하는 관장과 사범들의 속
내에는 조금 다른 것이 있다. 그들은 생체 시합이 프로 시합처
럼 절박하고 위험하지 않기 때문에 진지하게 여기지 않는 것
이 아니다. 때론 그들은 자신을 과시하기 위해 생체 시합을 일
부러 폄하하거나 장난스럽게 대한다. '나는 생체 시합 따위를
진지하게 코치해 줄 만큼 허접한 관장이 아니야!'라는 것을 간
접 증명하기 위해서 그렇게 한다. 이 얼마나 나약하고 비겁하
고 졸렬한가.

소중하지 않는 싸움은 없다

"왜 이제 생체 시합장에서 회원들 미트(코치가 선수의 주먹을 직
접 받아 주는 훈련) 안 받아 주세요?"라는 질문에 어느 관장이 이
리 답했다. "다른 관장님들이 쪽팔리게 뭐 하는 짓이냐고 해
서 그냥 안 해요." 평소 친하게 지냈던 그 관장에게 크게 실망
했던 기억이 난다. 나는 앞으로도 계속 생체 시합을 진지하게
대할 것이다. 소중하지 않은 싸움이 없다는 것을 잘 알고 있기
때문이다. '반달'이라서 잘 안다. '건달'은 일반인을 이해하지
못하고, 이해하지 않으려 한다.

하지만 '반달'은 다르다. 완전히 '건달'이 아니기에 일반인을

잘 이해할 수 있고, 이해하려고 한다. 일반인으로 시작해서 프로 복서까지 오면서 스파링 한 번 한 번이 늘 두려웠고 어려웠다. 어떤 이들이 보기에는 하찮고 보잘것없는 싸움일 수 있겠지만 내게는 늘 넘을 수 없는 산처럼 느껴졌다. 생체에 나오는 이들 역시 그런 심정이라는 것을 잘 안다. 그들은 가정과 직장, 그 무거운 삶에도 불구하고 자신만의 싸움을 하러 링에 오르는 사람들이다. 그들의 싸움이 프로 복서의 싸움보다 덜 절박하다거나 덜 위험하다고 말할 수 없다.

일반인에서 프로 복서로, 그리고 반달이 된 지금 나는 분명히 알고 있다. 세상에 소중하지 않은 싸움은 없다는 걸. 자신의 한계점에서 물러서지 않고 한 발을 내디디려는 모든 싸움은 소중하다. 그들은 이미 강하다. 오히려 그 소중한 싸움을 폄하하거나 장난스럽게 대하려는 이들은 나약하다. 타인을 깎아내리는 방식으로 자신의 강함을 증명하려는 이들은 얼마나 나약한가. 그렇게 비겁한 방식으로 자신의 강함을 드러내려는 이들은 얼마나 졸렬한가.

프로 복서를 지나와 다시 글을 쓰고 있는 지금 다짐한다. 누구의 싸움이 더 절박한지 더 위험한지를 따져 묻는 나약하고 졸렬한 사람은 되지 않겠다고. 꼭 링 위가 아니라도 좋다. 언제, 어디서든, 자신만의 소중한 싸움을 시작하려는 이들을 진지하게 응원하고 싶다. 그것은 나 자신에 대한 응원이기도 하다. 링에서 내려왔지만, 나의 싸움 역시 아직 끝나지 않았다는 것을 잘 알고 있으니까. 나를 규정하고 한계 짓는 그 한계점에서 다시 한 걸음을 내딛는 싸움을 멈추지 않을 테다. 나는 복서니까. 그리고 작가니까.

당신의 '복상'은
무엇인가요?

어떤 이는 바둑을 통해 인생을 알게 되었다고 합니다. 또 어떤 이는 등산을 통해 그렇게 되었다는 이야기를 들은 적이 있습니다. 그 말을 이해할 수 없었습니다. '그까짓 취미 하나 한다고 어떻게 인생을 알 수 있다는 거야.' 의구심이 있었습니다.

'들뢰즈'라는 철학자는 '아장스망'이라는 개념에 대해 말한 적이 있습니다. 이 '아장스망'은 '배치' '구성'이라고 번역되지요. 들뢰즈는 '아장스망', 즉 '배치'와 '구성'으로 인해서 모든 것이 달라진다고 말합니다. 들뢰즈에 따르면, 하나의 새로운 항이 들어오는 것은 단순히 하나의 외부 항이 들어오는 것이 아닙니다. 그로 인해서 배치와 구성이 달라지고 이 때문에 모든 것이 달라집니다.

이것은 책에 나오는 난해한 이야기가 아닙니다. 바로 우리네 삶의 이야기입니다. 단지 한 명의 새로운 친구와 친해졌을 뿐인데 그 친구로 인해 삶의 배치와 구성이 완전히 달라진 경험은 누구나 한 번쯤 있을 테니까요. 그 친구는 단순히 한 명의 친구가 아니죠. 그 친구로 인해 삶 전체가 바뀌니까요.

이제 알겠습니다. 바둑이나 등산으로 인생을 알게 되었다는 말의 진짜 의미를요. 새롭게 시작한 바둑이나 등산은 단순히 기존의 삶에 추가된 하나의 항이 아니지요. 그 새로운 항은 한 사람 삶의 '아장스망'을 송두리째 바꿉니다. 그때 삶이 보입니다. 정말 좋아하는 취미를 찾으면 삶이 바뀌고 그 경험으로 삶을 조망할 수 있습니다. 취미라는 항은 '아장스망'을 바꾸니까요. 저에게는 복싱이 그랬습니다.

오래 묵은 꿈을 이루려고, 저주처럼 들러붙은 콤플렉스를 떨쳐 버리려고 복싱을 시작했습니다. 그런데 나름 진지하게 복싱을 하면서 삶이 보이기 시작했습니다. 복싱이 제 삶으로 들어와 제 삶을 재배치하고 재구성했기 때문이었지요. 돌아보니 포기하지 않고 지금까지 꾸역꾸역 걸어온 것이 얼마나 다행인지 모르겠습니다. 꿈을 이루고, 콤플렉스를 떨쳐내고, 거기에 삶이 어떤 것인지까지 나름 알게 되었으니까요. 1석 3조쯤 되겠네요.

세상 사람들은 쓸데없는 짓이라고 말하지만, 복싱을 시작한 건 제 인생에 참 잘한 일 중에 하나로 기억될 것 같습니다. 긴 이야기를 마무리하는 지금 저는 당신에게 묻고 싶습니다.

당신의 '복싱'은 무엇인가요? 당신의 삶을 재배치하고 재구성할 '복싱'은 무엇인가요? 자신의 삶을 돌아보고, 삶이 무엇인지 고민해 보게 하는 '복싱'은 무엇인가요? '바둑'인가요? '등산'인가요? '골프'인가요? '노래'인가요?

어떤 것이든 좋습니다. 그것이 무엇이든 당신만의 '복싱'이 있었으면 좋겠습니다. 잠시 삶을 멈추어 볼 수 있고, 삶을 되돌아볼 수 있게 하는 '복싱'을 시작하셨으면 좋겠습니다. 그렇게 당신 삶의 '아장스망'을 새롭게 할 '복싱'을 찾고 시작할 수 있으면 좋겠습니다. 당신만의 '복싱'을 찾고, '복싱'을 즐기게 되었을 때 삶은 더 풍성해지고 행복해질 겁니다. 잊지 마세요. 새로운 항을 경험한다는 것은 그저 하나의 항이 더해지는 게 아니라는 걸 말이에요.

의미 없는 하루를 반복하느라 삶의 의미를 잃어가고 있는 우리에게 필요한 건, 각자만의 '복싱'일 겁니다. '복싱'을 통해 삶의 지평이 넓어지고, 내면은 강건해질 겁니다. 그렇게 어제보다 더 행복해질 겁니다. 많은 이야기를 했지만, 책을 덮으시려는 지금 제가 당신에게 하고 싶은 이야기는 딱 하나뿐입니다.

"당신의 '복싱'을 찾고, 더 이상 미루지 말고 그 '복싱'을 시작할 수 있으면 좋겠어요."